新 潮 文 庫

ごんぎつね
でんでんむしのかなしみ

新美南吉傑作選

新 美 南

新 潮 社 版

11890

ごんぎつね　でんでんむしのかなしみ　新美南吉傑作選＊目次

ごんぎつね　でんでんむしのかなしみ

新美南吉傑作選

ごんぎつね

一

これは、私が小さいときに、村の茂平（もへい）というおじいさんからきいたお話です。

むかしは、私たちの村のちかくの、中山というところに小さなお城があって、中山さまというおとのさまが、おられたそうです。

その中山から、少しはなれた山の中に、「ごんぎつね」と言う狐がいました。ごんは、一人ぼっちの小狐で、しだの一ぱいしげった森の中に穴をほって住んでいました。そして、夜でも昼でも、あたりの村へ出て来て、いたずらばかりしました。はたけへはいって芋をほりちらしたり、菜種がらの、ほしてあるのへ火をつけたり、百姓家の裏手につるしてあるとんがらしをむしりとって、いったり、いろんなことをしました。

或（ある）秋のことでした。二、三日雨がふりつづいたその間、ごんは、外へも出られなくて穴の中にしゃがんでいました。

　雨があがると、ごんは、ほっとして穴からはい出ました。空はからっと晴れていて、百舌鳥（もず）の声がきんきん、ひびいていました。

　ごんは、村の小川の堤まで出て来ました。あたりの、すすきの穂には、まだ雨のしずくが光っていました。川はいつもは水が少いのですが、三日もの雨で、水が、どっとましていました。ただのときは水につかることのない、川べりのすすきや、萩（はぎ）の株が、黄いろくにごった水に横だおしになって、もまれています。ごんは川下の方へと、ぬかるみみちを歩いていきました。

　ふと見ると、川の中に人がいて、何かやっています。ごんは、見つからないように、そうっと草の深いところへ歩きよって、そこからじっとのぞいて見ました。

「兵十（ひょうじゅう）だな」と、ごんは思いました。兵十はぼろぼろの黒いきものをまくし上げて、腰のところまで水にひたりながら、魚をとる、はりきりという、網をゆすぶっていました。はちまきをした顔の横っちょうに、まるい萩の葉が一まい、大きな黒子（ほくろ）みたいにへばりついていました。

　しばらくすると、兵十は、はりきり網の一ばんうしろの、袋のようになったところを、水の中からもちあげました。その中には、芝の根や、草の葉や、くさった木ぎれなどが、ごちゃごちゃはいっていましたが、でもところどころ、白いものがきらきら光っています。それは、ふというなぎの腹や、大きなきすの腹でした。兵十は、びくの中へ、そのうなぎやきすを、ごみと一しょにぶちこみました。そしてまた、袋の口をしばって、水の中へ入れました。

兵十はそれから、びくをもって川から上りびくを土手においといて、何をさがしにか、川上の方へかけていきました。

兵十がいなくなると、ごんは、ぴょいと草の中からとび出して、びくのそばへかけつけました。ちょいと、いたずらがしたくなったのです。ごんはびくの中の魚をつかみ出しては、はりきり網のかかっているところより下手の川の中を目がけて、ぽんぽんなげこみました。どの魚も、「とぼん」と音を立てながらにごった水の中へもぐりこみました。

一ばんしまいに、太いうなぎをつかみにかかりましたが、何しろぬるぬるとすべりぬけるので、手ではつかめません。ごんはじれったくなって、頭をびくの中につっこんで、うなぎの頭を口にくわえました。うなぎは、キュッと言って、ごんの首へまきつきました。そのとたんに兵十が、向うから、

「うわアぬすと狐め」と、どなりたてました。ごんは、びっくりしてとびあがりまし

た。うなぎをふりすててにげようとしましたが、うなぎは、ごんの首にまきついたままはなれません。ごんはそのまま横っとびにとび出して一しょうけんめいに、にげていきました。

ほら穴の近くの、はんの木の下でふりかえって見ましたが、兵十は追っかけては来ませんでした。

ごんは、ほっとして、うなぎの頭をかみくだき、やっとはずして穴のそとの、草の葉の上にのせておきました。

二

十日ほどたって、ごんが、弥助というお百姓の家の裏をとおりかかりますと、そこの、いちじくの木のかげで、弥助の家内が、おはぐろをつけていました。鍛冶屋の新兵衛の家のうらをとおると、新兵衛の家内が、髪をすいていました。ごんは、

「ふふん、村に何かあるんだな」と思いました。

「何だろう、秋祭かな。祭なら、太鼓や笛の音がしそうなものだ。それに第一、お宮にのぼりが立つはずだが」

こんなことを考えながらやって来ますと、いつの間にか、表に赤い井戸のある、兵

十の家の前へ来ました。その小さな、こわれかけた家の中には、大勢の人があつまっていました。よそいきの着物を着て、腰に手拭をさげたりした女たちが、表のかまどで火をたいています。大きな鍋の中では、何かぐずぐず煮えていました。

「ああ、葬式だ」と、ごんは思いました。

「兵十の家のだれが死んだんだろう」

お午がすぎると、ごんは、村の墓地へいって、六地蔵さんのかげにかくれていました。いいお天気で、遠く向うにはお城の屋根瓦が光っています。墓地には、ひがん花が、赤い布のようにさきつづいていました。と、村の方から、カーン、カーンと鐘が鳴って来ました。葬式の出る合図です。

やがて、白い着物を着た葬列のものたちがやって来るのがちらちら見えはじめました。話声も近くなりました。葬列は墓地へはいって来ました。人々が通ったあとには、ひがん花が、ふみおられていました。

ごんはのびあがって見ました。兵十が、白いかみしもをつけて、位牌をささげています。いつもは赤いさつま芋みたいな元気のいい顔が、きょうは何だかしおれていました。

「ははん、死んだのは兵十のおっ母だ」

ごんはそう思いながら、頭をひっこめました。

その晩、ごんは、穴の中で考えました。

「兵十のおっ母は、床(とこ)についていて、うなぎが食べたいと言ったにちがいない。それで兵十がはりきり網をもち出したんだ。ところが、わしがいたずらをして、うなぎをとって来てしまった。だから兵十は、おっ母にうなぎを食べさせることが出来なかった。そのままおっ母は、死んじゃったにちがいない。ああ、うなぎが食べたい、うなぎが食べたいとおもいながら、死んだんだろう。ちょッ、あんないたずらをしなけりゃよかった」

三

兵十が、赤い井戸のところで、麦をといでいました。

兵十は今まで、おっ母と二人きりで貧しいくらしをしていたもので、おっ母が死んでしまっては、もう一人ぼっちでした。

「おれと同じ一人ぼっちの兵十か」

こちらの物置の後(うしろ)から見ていたごんは、そう思いました。

ごんは物置のそばをはなれて、向うへいきかけますと、どこかで、いわしを売る声がします。

「いわしのやすうりだアい。いきのいいいわしだアい」

ごんは、その、いせいのいい声のする方へ走っていきました。と、弥助のおかみさんが裏戸口から、

「いわしをおくれ」と言いました。いわし売は、いわしのかごをつんだ車を、道ばたにおいて、ぴかぴか光るいわしを両手でつかんで、弥助の家の中へもってはいりました。ごんはそのすきまに、かごの中から、五、六ぴきのいわしをつかみ出して、もと来た方へかけ出しました。そして、兵十の家の裏口から、家の中へいわしを投げこんで、穴へ向ってかけもどりました。途中の坂の上でふりかえって見ますと、兵十がまだ、井戸のところで麦をといでいるのが小さく見えました。

ごんは、うなぎのつぐないに、まず一つ、いいことをしたと思いました。

つぎの日には、ごんは山で栗をどっさりひろって、それをかかえて、兵十の家へいきました。裏口からのぞいて見ますと、兵十は、午飯をたべかけて、茶椀をもったまま、ぼんやりと考えこんでいました。へんなことには兵十の頰ぺたに、かすり傷がついています。どうしたんだろうと、ごんが思っていますと、兵十がひとりごとをいいました。

「一たいだれが、いわしなんかをおれの家へほうりこんでいったんだろう。おかげでおれは、盗人と思われて、いわし屋のやつに、ひどい目にあわされた」と、ぶつぶつ言っています。

ごんは、これはしまったと思いました。かわいそうに兵十は、いわし屋にぶんなぐられて、あんな傷までつけられたのか。

ごんはこうおもいながら、そっと物置の方へまわってその入口に、栗をおいてかえりました。

つぎの日も、そのつぎの日もごんは、栗をひろっては、兵十の家へもって来てやりました。そのつぎの日には、栗ばかりでなく、まつたけも二、三ぼんもっていきました。

四

月のいい晩でした。ごんは、ぶらぶらあそびに出かけました。中山さまのお城の下を通ってすこしいくと、細い道の向うから、だれか来るようです。話声が聞えます。チンチロリン、チンチロリンと松虫が鳴いています。

ごんは、道の片がわにかくれて、じっとしていました。話声はだんだん近くなりました。それは、兵十と、加助というお百姓でした。

「そうそう、なあ加助」と、兵十がいいました。

「ああん?」

「おれあ、このごろ、とても、ふしぎなことがあるんだ」

「何が?」

「おっ母が死んでからは、だれだか知らんが、おれに栗やまつたけなんかを、まいにちまいにちくれるんだよ」

「ふうん、だれが?」

「それがわからんのだよ。おれの知らんうちに、おいていくんだ」

ごんは、二人のあとをつけていきました。

「ほんとかい?」

「ほんとだとも。うそと思うなら、あした見に来いよ。その栗を見せてやるよ」

「へえ、へんなこともあるもんだなア」

それなり、二人はだまって歩いていきました。

加助がひょいと、後を見ました。ごんはびくっとして、小さくなってたちどまりました。加助は、ごんには気がつかないで、そのままさっさとあるきました。吉兵衛というお百姓の家まで来ると、二人はそこへはいっていきました。ポンポンポンポンと木魚(もくぎょ)の音がしています。窓の障子(しょうじ)にあかりがさしていて、大きな坊主頭(ぼうずあたま)がうつって動いていました。ごんは、

「おねんぶつがあるんだな」と思いながら井戸のそばにしゃがんでいました。しばらくすると、また三人ほど、人がつれだって吉兵衛の家へはいっていきました。お経を読む声がきこえて来ました。

五

ごんは、おねんぶつがすむまで、井戸のそばにしゃがんでいました。兵十と加助はまた一しょにかえっていきます。ごんは、二人の話をきこうと思って、ついていきました。兵十の影法師(かげぼうし)をふみふみいきました。

お城の前まで来たとき、加助が言い出しました。

「さっきの話は、きっと、そりゃあ、神さまのしわざだぞ」

「えっ?」と、兵十はびっくりして、加助の顔を見ました。

「おれは、あれからずっと考えていたが、どうも、そりゃ、人間じゃない、神さまだ、神さまが、お前がたった一人になったのをあわれに思わっしゃって、いろんなものを

めぐんで下さるんだよ」

「そうかなあ」

「そうだとも。だから、まいにち神さまにお礼を言うがいゝよ」

「うん」

ごんは、へえ、こいつはつまらないなと思いました。おれが、栗や松たけを持っていってやるのに、そのおれにはお礼をいわないで、神さまにお礼をいうんじゃア、おれは、引き合わないなあ。

六

そのあくる日もごんは、栗をもって、兵十の家へ出かけました。兵十は物置で縄をなっていました。それでごんは家の裏口から、こっそり中へはいりました。

そのとき兵十は、ふと顔をあげました。と狐が家の中へはいったではありませんか。こないだうなぎをぬすみやがったあのごんぎつねめが、またいたずらをしに来たな。

「ようし」

兵十は、立ちあがって、納屋(なや)にかけてある火縄銃をとって、火薬をつめました。

そして足音をしのばせてちかよって、今戸口を出ようとするごんを、ドンと、うちました。ごんは、ばたりとたおれました。兵十はかけよって来ました。家の中を見ると土間に栗が、かためておいてあるのが目につきました。

「おや」と兵十は、びっくりしてごんに目を落しました。

「ごん、お前だったのか。いつも栗をくれたのは」

ごんは、ぐったりと目をつぶったまま、うなずきました。

兵十は、火縄銃をばたりと、とり落しました。青い煙が、まだ筒口から細く出ていました。

でんでんむしのかなしみ

いっぴきの　でんでんむしが　ありました。
ある　ひ　その　でんでんむしは　たいへんな　ことに　きが　つきました。
「わたしは　いままで　うっかりして　いたけれど、わたしの　せなかの
からの　なかには　かなしみが　いっぱい　つまって　いるでは　ないか」
この　かなしみは　どう　したら　よいでしょう。
でんでんむしは　おともだちの　でんでんむしの　ところに　やって　いきました。
「わたしは　もう　いきて　いられません」
と　その　でんでんむしは　おともだちに　いいました。
「なんですか」
と　おともだちの　でんでんむしは　ききました。
「わたしは　なんと　いう　ふしあわせな　ものでしょう。わたしの　せなかの

からの　なかには　かなしみが　いっぱい　つまって　いるのです」
と　はじめの　でんでんむしが　はなしました。
すると　おともだちの　でんでんむしは　いいました。
「あなたばかりでは　ありません。わたしの　せなかにも
かなしみは　いっぱいです」
それじゃ　しかたないと　おもって、はじめの　でんでんむしは、
べつの　おともだちの　ところへ　いきました。
すると　その　おともだちも　いいました。
「あなたばかりじゃ　ありません。わたしの　せなかにも
かなしみは　いっぱいです」
そこで、はじめの　でんでんむしは　また　べつの　おともだちの
ところへ　いきました。
こうして、おともだちを　じゅんじゅんに　たずねて　いきましたが、
どの　ともだちも　おなじ　ことを　いうので　ありました。
とうとう　はじめの　でんでんむしは　きが　つきました。
「かなしみは　だれでも　もって　いるのだ。わたしばかりでは　ないのだ。

わたしは　わたしの　かなしみを　こらえて　いかなきゃ　ならない」
そして、この　でんでんむしは　もう、なげくのを　やめたので　あります。

花のき村と盗人たち

一

むかし、花のき村に、五人組の盗人がやって来ました。

それは、若竹が、あちこちの空に、かぼそく、ういういしい緑色の芽をのばしている初夏のひるで、松林では松蝉が、ジイジイジイイと鳴いていました。

盗人たちは、北から川に沿ってやって来ました。花のき村の入口のあたりは、すかんぽやうまごやしの生えた緑の野原で、子供や牛が遊んでおりました。これだけを見ても、この村が平和な村であることが、盗人たちにはわかりました。そして、こんな村には、お金やいい着物を持った家があるに違いないと、もう喜んだのでありました。

川は藪の下を流れ、そこにかかっている一つの水車をゴトンゴトンとまわして、村の奥深くはいっていきました。

藪のところまで来ると、盗人のうちのかしらが、いいました。

「それでは、わしはこの藪のかげで待っているから、おまえらは、村のなかへはいっていって様子を見て来い。なにぶん、おまえらは盗人になったばかりだから、へまをしないように気をつけるんだぞ。金のありそうな家を見たら、そこの家のどの窓がやぶれそうか、そこの家に犬がいるかどうか、よっくしらべるのだぞ。いいか釜右エ門」

「へえ」

と釜右エ門が答えました。これは昨日まで旅あるきの釜師で、釜や茶釜をつくっていたのでありました。

「いいか、海老之丞」

「へえ」

と海老之丞が答えました。これは昨日まで錠前屋で、家々の倉や長持などの錠をつくっていたのでありました。

「いいか角兵エ」

「へえ」

とまだ少年の角兵エが答えました。これは越後から来た角兵エ獅子で、昨日までは、家々の閾（しきい）の外で、逆立ちしたり、とんぼがえりをうったりして、一文（もん）二文の銭を貰（もら）っていたのでありました。

「いいか鉋太郎（かんなたろう）」

「へえ」

と鉋太郎が答えました。これは、江戸から来た大工の息子で、昨日までは諸国のお寺や神社の門などのつくりを見て廻り、大工の修業していたのでありました。

「さあ、みんな、いけ。わしは親方だから、ここで一服すいながらまっている」

そこで盗人の弟子たちが、釜右エ門は釜師のふりをし、海老之丞は錠前屋のふりをし、角兵エは獅子まいのように笛をヒャラヒャラ鳴らし、鉋太郎は大工のふりをして、花のき村にはいりこんでいきました。

かしらは弟子どもがいってしまうと、どっかと川ばたの草の上に腰をおろし、弟子どもに話したとおり、たばこをスッパ、スッパとすいながら、盗人のような顔つきをしていました。これは、ずっとまえから火つけや盗人をして来たほんとうの盗人でありました。

「わしも昨日までは、ひとりぼっちの盗人であったが、今日は、はじめて盗人の親方というものになってしまった。だが、親方になって見ると、これはなかなかいいもんだわい。仕事は弟子どもがして来てくれるから、こうして寝ころんで待っておればいいわけである」

とかしらは、することがないので、そんなつまらないひとりごとをいってみたりしていました。

やがて弟子の釜右エ門が戻って来ました。

「おかしら、おかしら」

かしらは、ぴょこんとあざみの花のそばから体を起しました。

「えいくそッ、びっくりした。おかしらなどと呼ぶんじゃねえ、魚の頭のように聞えるじゃねえか。ただかしらといえ」

盗人になりたての弟子は、

「まことに相すみません」

とあやまりました。

「どうだ、村の中の様子は」

とかしらがききました。

「へえ、すばらしいですよ、かしら。ありました、ありました」

「何が」

「大きい家がありましてね、そこの飯炊釜は、まず三斗ぐらいは炊ける大釜でした。あれはえらい銭になります。それから、お寺に吊ってあった鐘も、なかなか大きなもので、あれをつぶせば、まず茶釜が五十はできます。なあに、あっしの眼に狂いはありません。嘘だと思うなら、あっしが造って見せましょう」

「馬鹿々々しいことに威張るのはやめろ」

とかしらは弟子を叱りつけました。

「きさまは、まだ釜師根性がぬけんからだめだ。そんな飯炊釜や吊鐘などばかり見てくるやつがあるか。それに何だ、その手に持っている、穴のあいた鍋は」

「へえ、これは、その、或る家の前を通りますと、槙の木の生垣にこれがかけて干してありました。見るとこの、尻に穴があいていたのです。それを見たら、じぶんが盗人であることをつい忘れてしまって、この鍋、二十文でなおしましょう、とそこのおかみさんにいってしまったのです」

「何というまぬけだ。じぶんのしょうばいは盗人だということをしっかり肚にいれておらんから、そんなことだ」

と、かしらはかしららしく、弟子に教えました。そして、

「もういっぺん、村にもぐりこんで、しっかり見なおして来い」

と命じました。釜右エ門は、穴のあいた鍋をぶらんぶらんとふりながら、また村にはいっていきました。

こんどは海老之丞がもどって来ました。

「かしら、ここの村はこりゃだめですね」

と海老之丞は力なくいいました。

「どうして」

「どの倉にも、錠らしい錠は、ついておりません。子供でもねじきれそうな錠が、ついておるだけです。あれじゃ、こっちのしょうばいにゃなりません」

「こっちのしょうばいというのは何だ」

「へえ、……錠前……屋」

「きさまもまだ根性がかわっておらんッ」

とかしらはどなりつけました。

「へえ、相すみません」

「そういう村こそ、こっちのしょうばいになるじゃないかッ。倉があって、子供でもねじきれそうな錠しかついておらんというほど、こっちのしょうばいに都合のよいことがあるか。まぬけめが。もういっぺん、見なおして来い」

「なるほどね。こういう村こそしょうばいになるのですね」

と海老之丞は、感心しながら、また村にはいっていきました。

次にかえって来たのは、少年の角兵エでありました。角兵エは、笛を吹きながら来たので、まだ藪の向こうで姿の見えないうちから、わかりました。

「いつまで、ヒャラヒャラと鳴らしておるのか。盗人はなるべく音をたてぬようにしておるものだ」

とかしらは叱りました。角兵エは吹くのをやめました。

「それで、きさまは何を見て来たのか」

「川についてどんどん行きましたら、花菖蒲(はなしょうぶ)を庭いちめんに咲かせた小さい家がありました」

「うん、それから?」

「その家の軒下に、頭の毛も眉毛(まゆげ)もあごひげもまっしろな爺(じい)さんがいました」

「うん、その爺さんが、小判のはいった壺(つぼ)でも縁の下に隠していそうな様子だったか」

「そのお爺さんが竹笛を吹いておりました。ちょっとした、つまらない竹笛だが、とてもええ音がしておりました。あんな、不思議に美しい音ははじめてききました。おれがききとれていたら、爺さんはにこにこしながら、三つ長い曲をきかしてくれました。おれは、お礼に、とんぼがえりを七へん、つづけざまにやって見せました」

「やれやれだ。それから？」

「おれが、その笛はいい笛だといったら、笛竹の生えている竹藪を教えてくれました。そこの竹で作った笛だそうです。それで、お爺さんの教えてくれた竹藪へいって見ました。ほんとうにええ笛竹が、何百すじも、すいすいと生えておりました」

「昔、竹の中から、金の光がさしたという話があるが、どうだ、小判でも落ちていたか」

「それから、また川をどんどんくだっていくと小さい尼寺がありました。そこで花の撓（とう）*がありました。お庭にいっぱい人がいて、おれの笛くらいの大きさのお釈迦（しゃか）さまに、あま茶の湯をかけておりました。おれもいっぱいかけて、それからいっぱい飲ましてもらって来ました。茶わんがあるならかしらにも持って来てあげましたのに」

「やれやれ、何という罪のねえ盗人だ。そういう人ごみの中では、人のふところや袂（たもと）に気をつけるものだ。とんまめが、もういっぺんきさまもやりなおして来い。その笛

＊五穀豊穣などを祈願する珍しい神事

はここへ置いていけ」

　角兵エは叱られて、笛を草の中へおき、また村にはいっていきました。

　おしまいに帰って来たのは鉋太郎でした。

「きさまも、ろくなものは見て来なかったろう」

と、きかないさきから、かしらがいいました。

「いや、金持がありました、金持が」

と鉋太郎は声をはずませていいました。金持ときいて、かしらはにこにことしました。

「おお、金持か」

「金持です、金持です。すばらしいりっぱな家でした」

「うむ」

「その座敷の天井と来たら、さつま杉の一枚板なんで、こんなのを見たら、うちの親父はどんなに喜ぶかも知れない、と思って、あっしは見とれていました」

「へっ、面白くもねえ。それで、その天井をはずしてでも来る気かい」

　鉋太郎は、じぶんが盗人の弟子であったことを思い出しました。盗人の弟子としては、あまり気が利かなかったことがわかり、鉋太郎はバツのわるい顔をしてうつむいてしまいました。

　そこで、鉋太郎も、もういちどやりなおしに村にはいっていきました。

「やれやれだ」

と、ひとりになったかしらは、草の中へ仰向(あおむ)けにひっくりかえっていいました。

「盗人のかしらというのもあんがい楽なしょうばいではないて」

二

　とつぜん、

「ぬすとだッ」

「ぬすとだッ」

「そら、やっちまえッ」

という、おおぜいの子供の声がしました。子供の声でも、こういうことを聞いては、盗人としてびっくりしないわけにはいかないので、かしらはひょこんと跳びあがりました。そして、川にとびこんで向こう岸へ逃げようか、藪の中にもぐりこんで、姿をくらまそうか、と、とっさのあいだに考えたのであります。

　しかし子供たちは、縄切や、おもちゃの十手(じって)をふりまわしながら、あちらへ走っていきました。子供たちは盗人ごっこをしていたのでした。

「なんだ、子供たちの遊びごとか」

とかしらは張合がぬけていいました。

「遊びごとにしても、盗人ごっことはよくない遊びだ。いまどきの子供はろくなことをしなくなった。あれじゃ、さきが思いやられる」

じぶんが盗人のくせに、かしらはそんなひとりごとをいいながら、また草の中にねころがろうとしたのでありました。そのときうしろから、

「おじさん」

と声をかけられました。ふりかえって見ると、七歳くらいの、かわいらしい男の子が牛の仔（こ）をつれて立っていました。顔だちの品のいいところや、手足の白いところを見ると、百姓の子供とは思われません。旦那衆（だんなしゅう）の坊ちゃんが、下男について野あそびに来て、下男にせがんで仔牛を持たせてもらったのかも知れません。だがおかしいのは、遠くへでもいく人のように、白い小さい足に、小さい草鞋（わらじ）をはいていることでした。

「この牛、持っていてね」

かしらが何もいわないさきに、子供はそういって、ついとそばに来て、赤い手綱をかしらの手にあずけました。

かしらはそこで、何かいおうとして口をもぐもぐやりましたが、まだいい出さない

うちに子供は、あちらの子供たちのあとを追って走っていってしまいました。あの子供たちの仲間になるために、この草鞋をはいた子供はあとをも見ずにいってしまいました。

ぼけんとしているあいだに牛の仔を持たされてしまったかしらは、くッくッと笑いながら牛の仔を見ました。

たいてい牛の仔というものは、そこらをぴょんぴょんはねまわって、持っているのがやっかいなものですが、この牛の仔はまたたいそうおとなしく、ぬれたうるんだ大きな眼をしばたたきながら、かしらのそばに無心に立っているのでした。

「くッくッくッ」

とかしらは、笑いが腹の中からこみあげてくるのが、とまりませんでした。

「これで弟子たちに自慢ができるて。きさまたちが馬鹿づらさげて、村の中をあるいているあいだに、わしはもう牛の仔をいっぴき盗んだ、といって」

そしてまた、くッくッくッと笑いました。あんまり笑ったので、こんどは涙が出て来ました。

「ああ、おかしい。あんまり笑ったんで涙が出て来やがった」

ところが、その涙が、流れて流れてとまらないのでありました。

「いや、はや、これはどうしたことだい、わしが涙を流すなんて、これじゃ、まるで泣いてるのと同じじゃないか」

そうです。ほんとうに、盗人のかしらは泣いていたのであります。――かしらは嬉(うれ)しかったのです。じぶんは今まで、人から冷たい眼でばかり見られて来ました。じぶんが通ると、人々はそら変なやつが来たといわんばかりに、窓をしめたり、すだれをおろしたりしました。じぶんが声をかけると、笑いながら話しあっていた人たちも、きゅうに仕事のことを思い出したように向こうをむいてしまうのでありました。池の面(おもて)にうかんでいる鯉(こい)でさえも、じぶんが岸に立つと、がばッと体をひるがえしてしずんでいくのでありました。あるとき猿廻しの背中に負われている猿に、柿(かき)の実をくれてやったら、一口もたべずに地べたにすててしまいました。みんながじぶんを嫌っていたのです。みんながじぶんを信用してはくれなかったのです。ところが、この草鞋をはいた子供は、盗人であるじぶんに牛の仔をあずけてくれました。じぶんをいい人間であると思ってくれたのでした。またこの仔牛も、じぶんをちっともいやがらず、おとなしくしております。じぶんが母牛ででもあるかのように、そばにすりよっています。子供も仔牛も、じぶんを信用しているのです。こんなことは、盗人のじぶんには、はじめてのことであります。人に信用されるというのは、何といううれしいことであリましょう。……

そこで、かしらはいま、美しい心になっているのでありました。子供のころにはそういう心になったことがありましたが、あれから長い間、わるい汚い心でずっといたのです。久しぶりでかしらは美しい心になりました。これはちょうど、垢まみれの汚い着物を、きゅうに晴着にきせかえられたように、奇妙なぐあいでありました。

――かしらの眼から涙が流れてとまらないのはそういうわけなのでした。

やがて夕方になりました。松蟬は鳴きやみました。村からは白い夕もやがひっそりと流れだして、野の上にひろがっていきました。子供たちは遠くへいき、「もういいかい」、「まあだだよ」という声が、ほかのもの音とまじりあって、ききわけにくくなりました。

かしらは、もうあの子供が帰って来るじぶんだと思って待っていました。あの子供が来たら、「おいしょ」と、盗人と思われぬよう、こころよく仔牛をかえしてやろう、と考えていました。

だが、子供たちの声は、村の中へ消えていってしまいました。草鞋の子供は帰って来ませんでした。村の上にかかっていた月が、かがみ職人の磨いたばかりの鏡のように、ひかりはじめました。あちらの森でふくろうが、二声ずつくぎって鳴きはじめました。

仔牛はお腹がすいて来たのか、からだをかしらにすりよせました。

「だって、しようがねえよ。わしからは乳は出ねえよ」

そういってかしらは、仔牛のぶちの背中をなでていました。まだ眼から涙が出ていました。

そこへ四人の弟子がいっしょに帰って来ました。

三

「かしら、ただいま戻りました。おや、この仔牛はどうしたのですか。ははア、やっぱりかしらはただの盗人じゃない。おれたちが村を探りにいっていたあいだに、もうひと仕事しちゃったのだね」

釜右エ門が仔牛を見ていいました。かしらは涙にぬれた顔を見られまいとして横をむいたまま、

「うむ、そういってきさまたちに自慢しようと思っていたんだが、じつはそうじゃねえのだ。これにはわけがあるのだ」

といいました。

「おや、かしら、涙……じゃございませんか」

と海老之丞が声を落してききました。

「この、涙てものは、出はじめると出るもんだな」

といって、かしらは袖(そで)で眼をこすりました。

「かしら、喜んで下せえ、こんどこそは、おれたち四人、しっかり盗人根性(ぬすっとこんじょう)になって探って参りました。釜右エ門は金の茶釜のある家を五軒見とどけますし、海老之丞は、五つの土蔵の錠をよくしらべて、曲った釘(くぎ)一本であけられることをたしかめますし、大工のあッしは、この鋸(のこぎり)で難なく切れる*家尻(やじり)を五つ見て来ましたし、角兵エは角兵エでまた、足駄(あしだ)ばきで跳び越えられる塀を五つ見て来ました。かしら、おれたちはほめて頂きとうございます」

と鉋太郎が意気ごんでいいました。しかしかしらは、それに答えないで、

「わしはこの仔牛をあずけられたのだ。ところが、いまだに、取りに来ないので弱っているところだ。すまねえが、おまえら、手わけして、預けていった子供を探してくれねえか」


*盗人が破って入りこめるような家や蔵の後ろの方

「かしら、あずかった仔牛をかえすのですか」

と釜右エ門が、のみこめないような顔でいいました。

「そうだ」

「盗人でもそんなことをするのでごぜえますか」

「それにはわけがあるのだ。これだけはかえすのだ」

「かしら、もっとしっかり盗人根性になって下せえよ」

と鉋太郎がいいました。

かしらは苦笑いしながら、弟子たちにわけをこまかく話してきかせました。わけをきいて見れば、みんなにはかしらの心持がよくわかりました。

そこで弟子たちは、こんどは子供をさがしにいくことになりました。

「草鞋をはいた、かわいらしい、七つぐれえの男坊主なんですね」

とねんをおして、四人の弟子は散っていきました。かしらも、もうじっとしておれなくて、仔牛をひきながら、さがしにいきました。

月のあかりに、野茨とうつぎの白い花がほのかに見えている村の夜を、五人の大人の盗人が、一匹の仔牛をひきながら、子供をさがして歩いていくのでありました。

かくれんぼのつづきで、まだあの子供がどこかにかくれているかも知れないというので、盗人たちは、みみずの鳴いている辻堂の縁の下や柿の木の上や、物置の中や、いい匂いのする蜜柑の木のかげを探してみたのでした。人にきいてもみたのでした。しかし、ついにあの子供は見あたりませんでした。百姓たちは提燈に火を入れて来て、仔牛をてらして見たのですが、こんな仔牛はこの辺では見たことがないというのでした。

「かしら、こりゃ夜っぴて探してもむだらしい、もう止しましょう」

と海老之丞がくたびれたように、道ばたの石に腰をおろしていいました。

「いや、どうしても探し出して、あの子供にかえしたいのだ」

とかしらはききませんでした。

「もう、てだてがありませんよ。ただひとつ残っているてだては、村役人のところへ訴えることだが、かしらもまさかあそこへは行きたくないでしょう」

と釜右エ門がいいました。村役人というのは、いまでいえば駐在巡査のようなものであります。

「うむ、そうか」

とかしらは考えこみました。そしてしばらく仔牛の頭をなでていましたが、やがて、

「じゃ、そこへ行こう」

といいました。そしてもう歩きだしました。弟子たちはびっくりしましたが、ついていくよりしかたがありませんでした。

たずねて村役人の家へいくと、あらわれたのは、鼻の先に落ちかかるように眼鏡をかけた老人でしたので、盗人たちはまず安心しました。これなら、いざというときに、つきとばして逃げてしまえばいいと思ったからであります。

かしらが、子供のことを話して、

「わしら、その子供を見失って困っております」

といいました。

老人は五人の顔を見まわして、

「いっこう、このあたりで見受けぬ人ばかりだが、どちらから参った」

とききました。

「わしら、江戸から西の方へいくものです」

「まさか盗人ではあるまいの」

「いや、とんでもない。わしらはみな旅の職人です。釜師や大工や錠前屋などです」

とかしらはあわてていいました。

「うむ、いや、変なことをいってすまなかった。お前たちは盗人ではない。盗人が物をかえすわけがないでの。盗人なら、物をあずかれば、これさいわいとくすねていってしまうはずだ。いや、せっかくよい心で、そうして届けに来たのを、変なことを申してすまなかった。いや、わしは役目がら、人を疑うくせになっているのじゃ。人を見さえすれば、こいつ、かたりじゃないか、すりじゃないかと思うようなわけさ。ま、わるく思わないでくれ」

と老人はいいわけをしてあやまりました。そして、仔牛はあずかっておくことにして、下男に物置の方へつれていかせました。

「旅で、みなさんお疲れじゃろ、わしはいまいい酒をひとびん西の館の太郎どんからもらったので、月を見ながら縁側でやろうとしていたのじゃ。いいとこへみなさんこられた。ひとつつきあいなされ」

ひとの善い老人はそういって、五人の盗人を縁側につれていきました。

そこで酒をのみはじめましたが、五人の盗人と一人の村役人はすっかり、くつろいで、十年もまえからの知合のように、ゆかいに笑ったり話したりしたのでありました。

するとまた、盗人のかしらはじぶんの眼が涙をこぼしていることに気がつきました。

それを見た老人の役人は、

「おまえさんは泣き上戸と見える。わしは笑い上戸で、泣いている人を見るとよけい笑えて来る。どうか悪く思わんでくだされや、笑うから」

といって、口をあけて笑うのでした。

「いや、この、涙というやつは、まことにとめどなく出るものだね」

とかしらは、眼をしばたきながらいいました。

それから五人の盗人は、お礼をいって村役人の家を出ました。

門を出て、柿の木のそばまで来ると、何か思い出したように、かしらが立ちどまりました。

「かしら、何か忘れものでもしましたか」

と鉋太郎がききました。

「うむ、忘れもんがある。おまえらも、いっしょにもういっぺん来い」

といって、かしらは弟子をつれて、また役人の家にはいっていきました。

「御老人」

とかしらは縁側に手をついていいました。

「何だね、しんみりと。泣き上戸のおくの手が出るかな。ははは」

と老人は笑いました。

「わしらはじつは盗人です。わしがかしらでこれらは弟子です」

それをきくと老人は眼をまるくしました。

「いや、びっくりなさるのはごもっともです。わしはこんなことを白状するつもりじゃありませんでした。しかし御老人が心のよいお方で、わしらをまっとうな人間のように信じていて下さるのを見ては、わしはもう御老人をあざむいていることができなくなりました」

そういって盗人のかしらは今までして来たわるいことをみな白状してしまいました。そしておしまいに、

「だが、これらは、昨日わしの弟子になったばかりで、まだ何も悪いことはしておりません。お慈悲で、どうぞ、これらだけは許してやって下さい」

といいました。

次の朝、花のき村から、釜師と錠前屋と大工と角兵エ獅子とが、それぞれべつの方へ出ていきました。四人はうつむきがちに、歩いていきました。かれらはかしらのことを考えていました。よいかしらであったと思っておりました。よいかしらだから、最後にかしらが「盗人にはもうけっしてなるな」といったことばを、守らなければならないと思っておりました。

角兵エは川のふちの草の中から笛を拾ってヒャラヒャラと鳴らしていきました。

四

　こうして五人の盗人は、改心したのでしたが、そのもとになったあの子供はいったい誰だったのでしょう。花のき村の人々は、村を盗人の難から救ってくれた、その子供を探して見たのですが、けっきょくわからなくて、ついには、こういうことにきまりました。――それは、土橋のたもとにむかしからある小さい地蔵さんだろう。草鞋をはいていたというのがしょうこである。なぜなら、どういうわけか、この地蔵さんには村人たちがよく草鞋をあげるので、ちょうどその日も新しい小さい草鞋が地蔵さんの足もとにあげられてあったのである――というのでした。
　地蔵さんが草鞋をはいて歩いたというのは不思議なことですが、世の中にはこれくらいの不思議はあってもよいと思われます。それに、これはもうむかしのことなのですから、どうだって、いいわけです。でもこれがもしほんとうだったとすれば、花のき村の人々がみな心の善い人々だったので、地蔵さんが盗人から救ってくれたのです。そうならば、また、村というものは、心のよい人々が住まねばならぬということにもなるのであります。

久助君の話

久助君は、四年から五年になるとき、学術優等品行方正の褒美をもらって来た。はじめて久助君が褒美をもらったので、電気会社の集金人であるお父さんは、ひじようにいきごんで、それからは、久助君が学校から帰ったらすぐ、一時間勉強することに規則をきめてしまった。

久助君はこの規則を喜ばなかった。一時間たって、家の外に出て見ても、近所に友達が遊んでいないことが多いので、そのたびに友達を探して歩かねばならなかったからである。

秋のからりと晴れた午後のこと、久助君は柱時計が三時半を示すと、「ああできた」と算術の教科書をぱたッととじ、机の前を立ちあがった。

そとに出るとまばゆいように明かるい。だが、やれやれ、今日も仲間たちの声は聞えない。久助君はお宮の森の方へ耳をすました。

森は久助君のところから三町は離れていたが、久助君はそこに友達が遊んでいるかどうかを、耳で知ることができるのだった。だが、今日は、森はしんとしていてうまい返事をしない。つぎに久助君は、はんたいの方の夜学校のあたりに向って耳をすました。夜学校も三町ばかりへだたっている。だが、これもよい合図を送らない。

しかたがないので久助君は、彼らの集っていそうな場所を探してまわることにした。

もうこんなことが、なんどあったかしれない。こんなことはほんとにいやだ。

さいしょ久助君は、宝蔵倉(ほうぞうぐら)の前にいって見た、多分の期待を持って。そこでよくみんなはキャッチボールをするから。しかし来てみると、誰もいない。そのはずだ、豆が庭いっぱいに乾(ほ)してある。これじゃ何もして遊べない。

そのつぎに久助君は、北のお寺へ行った。ほんとうはあまり気がすすまなかったのだ。というのは、そこは別の通学団の遊び場所だったから。しかしこんなよい天気の日にひとりで遊ぶよりはましだったので、行ったのである。がそこにも、丈(たけ)の高い雁来紅(はげいとう)が五、六本、かっと秋日に映えて鐘撞堂(かねつきどう)の下に立っているばかりで、犬の子一匹いなかった。

まさか医者の家へなんか集っていることもあるまいが、ともかくのぞいてみようと思って、黄色い葉の混った豆畠(まめばたけ)の間を、徳一(とくいち)君の家の方へやって行った。その途中、乾草の積みあげてあるそばで兵太郎君にひょっくり出会ったのである。

兵太郎君はみんなからほら兵とあだなをつけられていたが、全くそうだった。こんな鰻(うなぎ)を摑(つか)んだといって両方の手の指で天秤棒(てんびんぼう)ほどの太さをして見せるので、ほんとうかと思って行って見ると、筆ぐらいのめそきんが、井戸ばたの黒い甕(かめ)の底に沈んでいるというふうである。またみんなが軍艦や飛行機の話をしていると、俺が武豊(たけとよ)で見たのは、といって、べらぼうなことを言い出すのだった。また兵太郎君は音痴で、君が代もろくろく歌えなかったが、いっこうそんなことは気にせず、みんなが声を揃(そろ)えて軍艦マーチをやっていると、すぐ唱和するので、みんなは調子が変になって、止(や)めてしまうのであった。だが、悪気はないのでみんなに嫌われてはいない。ときどき鼻を少し右にまげるようにして、きゅっと音をたててすいあげるのと、笑うとき床の上だろうが、道の上だろうが、ところきらわず下に転がる癖があった。体操の時、久助君のすぐ前なので、久助君は彼の頭のうしろ側にいくつ、どんな形の、はげがあるかをよく知っている。

兵太郎君は、てぶらで変に浮かぬ顔をしていた。

「みんな何処(どこ)に行ったか知らんかア」

と久助君がきいた。

「知らんげや」

と兵太郎君が答えた。そんな事なんかどうでもいいという顔をしている。丸太棒の端を大工さんがのみで、ちょっちょと彫ってできたようなその顔を、久助君はまぢかにつくづくと見た。

「徳一がれに居やひんかア」

と、久助君がまたきいた。

「居やひんだらア」

と、兵太郎君が答えた。赤とんぼが兵太郎君のうしろを通っていって、乾草にとまった。その翅が陽の光をうけてきらりと光った。

「行って見よかよオ」

と、久助君がじれったそうにいった。

「ううん」

と兵太郎君はなまへんじをした。

「なア、行こうかよオ」

と、久助君はうながした。

「んでも、徳やん、さっきおっ母ンといっしょに、半田の方へ行きよったぞ」

と、兵太郎君はいって、強い香（かおり）を放っている乾草のところに近づき、なかば転がるようにもたれかかった。

久助君は、徳一君のところにも仲間たちはいないことが分って、がっかりした。が兵太郎君の動作を見たら、きゅうに、ここで兵太郎君と二人きりで遊ぼう、それでもじゅうぶん面白いという気がわいて来た。乾草の積んであるところとか、藁積（わらぐま）のならんでいるところは、子供にはひじょうに沢山の楽しみを与えてくれるものだ。そこで久助君も兵太郎君のそばへいって、自分のからだを、ゴムまりのように乾草に向って投げつけた。乾草はふわりと、やわらかに温かく久助君をうけとった。とたんに、ひちひちと音をたてて、ばったが頭の上から豆畠の方へ飛んでいった。

久助君は、頭や耳に草のすじがかかったが、取ろうとしなかった。乾草の山は昼間じゅう太陽に温められていたので、そこにもたれかかっていると、お母さんのふところに抱かれていたじぶんを憶（おも）い出させるようなぬくとさだった。久助君は猫のようにくるいたい衝動が体の中にうずうずするのを感じた。

「兵タン、相撲とろうかやア」

と、久助君はいった。

「やだ。昨日相撲しとって、袖（そで）ちぎって家で叱（しか）られたもん」

と、兵太郎君が答える。そして膝を貧乏ゆるぎさせながら、仰向けに空を見ている。

「んじゃ、蛙とびやろかア」

と、久助君がいう。

「あげなもな面白かねえ」

と、兵太郎君は一言のもとにはねつけて、鼻をきゅっと鳴らす。

久助君はしばらく黙っていたが、ものたりなくてしようがない。ころころと兵太郎君の方へ転がり近づいていって、草の先を、仰向いている兵太郎君の耳の中へ入れようとした。

兵太郎君はほら吹きでひょうきんで、人をよく笑わせるが、こういう種類のからかいはあまり好まない。自尊心が傷つけられるからだ。

「やめよオッ」

と、兵太郎君がどなった。

兵太郎君が怒って久助君に向って来れば、それは久助君の望むところだった。

「あんまり耳糞がたまっとるで、ちょっと掃除してやらア」

といって、久助君はまた草の先で、兵太郎君の頭にぺしゃんとはりついた耳をくすぐる。

兵太郎君は怒っているつもりであったが、くすぐったいのでとつぜんひあっ、あっというような声をあげて笑いだした。そして久助君の方にぶつかって来た。

そこで二人は、お互いが猫の仔のようなものになってしまったことを感じた。それから二人は、乾草にくるまりながら、上になり下になりしてくるいはじめた。

しばらくの間久助君は、冗談のつもりでくるっていた。相手もそのつもりでやっていることだと思っていた。ところが、そのうちに、久助君は一つの疑問にとらわれだした。どうも相手は本気になってやっているらしい。久助君を下からはねのける時に久助君の胸を突いたが、どうも冗談半分の争いの場合の力の入れかたとは違っている。また久助君を上から抑えつけるときの、相手の瘦せた腕がぶるぶるとふるえている。冗談半分ならそんなことはないはずである。

相手が真剣なら、此方も真剣にならなきゃいけない、と久助君はそのつもりになって、一生懸命にやりだしたが、そうするうちに間もなくまた次ぎの疑問が湧いて来た。やはり兵太郎君は冗談半分と心得てくるっているらしい。久助君の手が、あやまって相手の脇の下から熱っぽいふところにもぐりこんだとき、兵太郎君はクックッと笑ったからである。

相手が冗談でやっているのなら、此方だけ真剣でやっているのは男らしくないことなので、此方もそのつもりになろうと思っていると、間もなくまた前の疑問が頭をもたげる。

二つの疑問が交互に現れたり消えたりしたが、二人はともかくくるいつづけた。久助君は顔を乾草に押しつけられて、乾草をくわえたり、乾草があるつもりでひっくり返ったところに乾草がなくて、頭をじかに地べたにぶっつけ、じーんと頭中が鳴渡って、熱い涙がうかんだりした。

また、しっかりと、複雑に、手足を相手の手足にからませているときは、自分と相手の足の区別などはっきりつかないので、相手の足を抑えつけたつもりで、自分のもう一方の足を抑えつけたりしていることもあった。

取っ組み合いは夕方まで続いた。帯はゆるみ、着物はだらしなくなってしまい、じっとり汗ばんだ。

何度目かに久助君が上になって兵太郎君を抑えつけたら、もう兵太郎君は抵抗しなかった。二人はしいんとなってしまった。二町ばかり離れた路を通るらしい車の輪の音がからからと聞えて来た。それがはじめて聞いたこの世の物音のように感じられた。その音はもう夕方になったということを久助君にしらせた。

久助君はふいと寂しくなった。くるいすぎたあとに、いつも感じるさびしさである。

もうやめようと思った。だがもしこれで起ちあがって、兵太郎君がベソをかいていたら、どんなにやりきれぬだろうということを、久助君は痛切に感じた。おかしいことに、取っ組み合いの間中、久助君はいっぺんも相手の顔を見なかった。今こうして相手を抑えていながらも、自分の顔は相手の胸の横にすりつけて下を向いているので、やはり相手の顔は見ていないのである。

兵太郎君は身動きもせず、じっとしている。かなり早い呼吸が久助君の顔に伝って来る。兵太郎君はいったい何を考えているのだろう。

久助君はちょっと手をゆるめて見た。だが相手はもうその虚に乗じては来ない。久助君は手を放してしまった。それでも相手は立ちなおろうとしない。そこで久助君はついに立ちあがった。すると兵太郎君もむっくりと起きあがった。

兵太郎君は久助君のすぐ前に立つと、何もいわないで地平線のあたりをややしばらく眺めていた。何ともいえないさびしそうなまなざしで。

久助君はびっくりした。久助君のまえに立っているのは、兵太郎君ではない、見たこともない、さびしい顔つきの少年である。

何ということか。兵太郎君だと思いこんで、こんな知らない少年と、じぶんは、半日くるっていたのである。

久助君は世界がうらがえしになったように感じた。そしてぼけんとしていた。

いったい、これは誰だろう。じぶんが半日くるっていたこの見知らぬ少年は。……なんだ、やはり兵太郎君じゃないか。やっぱり相手は、ひごろの仲間の兵太郎君だった。

そうわかって久助君はほっとした。

だが、それからの久助君はこう思うようになった。——わたしがよく知っている人間でも、ときにはまるで知らない人間になってしまうことがあるものだと。そして、わたしがよく知っているのがほんとうのその人なのか、わたしの知らないのがほんとうのその人なのか、わかったもんじゃない、と。そしてこれは、久助君にとって、一つの新しい悲しみであった。

おじいさんのランプ

かくれんぼで、倉の隅にもぐりこんだ東一(とういち)君がランプを持って出て来た。

それは珍らしい形のランプであった。八十糎(センチ)ぐらいの太い竹の筒が台になっていて、その上にちょっぴり火のともる部分がくっついている、そしてほやは、細いガラスの筒であった。はじめて見るものにはランプとは思えないほどだった。

そこでみんなは、昔の鉄砲とまちがえてしまった。

「何だア、鉄砲かア」と鬼の宗八(そうはち)君はいった。

東一君のおじいさんも、しばらくそれが何だかわからなかった。眼鏡越しにじっと見ていてから、はじめてわかったのである。

ランプであることがわかると、東一君のおじいさんはこういって子供たちを叱(しか)りはじめた。

「こらこら、お前たちは何を持出すか。まことに子供というものは、黙って遊ばせておけば何を持出すやらわけのわからん、油断もすきもない、ぬすっと猫のようなものだ。こらこら、それはここへ持って来て、お前たちは外へ行って遊んで来い。外に行けば、電信柱でも何でも遊ぶものはいくらでもあるに」

こうして叱られると子供ははじめて、自分がよくない行いをしたことがわかるのである。そこで、ランプを持出した東一君はもちろんのこと、何も持出さなかった近所の子供たちも、自分たちみんなで悪いことをしたような顔をして、すごすごと外の道へ出ていった。

外には、春の昼の風が、ときおり道のほこりを吹立ててすぎ、のろのろと牛車が通ったあとを、白い蝶（ちょう）がいそがしそうに通ってゆくこともあった。なるほど電信柱があっちこっちに立っている。しかし子供たちは電信柱なんかで遊びはしなかった。大人が、こうして遊べといったことを、いわれたままに遊ぶというのは何となくばかげているように子供には思えるのである。

そこで子供たちは、ポケットの中のラムネ玉をカチカチいわせながら、広場の方へとんでいった。そしてまもなく自分たちの遊びで、さっきのランプのことは忘れてしまった。

日ぐれに東一君は家へ帰って来た。奥の居間のすみに、あのランプがおいてあった。

しかし、ランプのことを何かいうと、またおじいさんにがみがみいわれるかも知れないので、黙っていた。

夕御飯のあとの退屈な時間が来た。東一君はたんすにもたれて、ひき出しのかんをカタンカタンといわせていたり、店に出てひげを生やした農学校の先生が『大根栽培の理論と実際』というような、むつかしい名前の本を番頭に注文するところを、じっと見ていたりした。

そういうことにも飽くと、また奥の居間にもどって来て、おじいさんがいないのを見すまして、ランプのそばへにじりより、そのほやをはずしてみたり、五銭白銅貨ほどのねじをまわして、ランプの芯を出したりひっこめたりしていた。

すこしいっしょうけんめいになっていじくっていると、またおじいさんにみつかってしまった。けれどこんどはおじいさんは叱らなかった。ねえやにお茶をいいつけておいて、すっぽんと煙管筒をぬきながら、こういった。

「東坊、このランプはな、おじいさんにはとてもなつかしいものだ。長いあいだ忘れておったが、きょう東坊が倉の隅から持出して来たので、また昔のことを思い出したよ。こうおじいさんみたいに年をとると、ランプでも何でも昔のものに出合うのがとても嬉しいもんだ」

東一君はぽかんとしておじいさんの顔を見ていた。おじいさんはがみがみと叱りつけたから、怒っていたのかと思ったら、昔のランプに逢うことができて喜んでいたのである。

「ひとつ昔の話をしてやるから、ここへ来て坐れ」

とおじいさんがいった。

東一君は話が好きだから、いわれるままにおじいさんの前へいって坐ったが、何だかお説教をされるときのようで、いごこちがよくないので、いつもうちで話をきくときにとる姿勢をとって聞くことにした。つまり、寝そべって両足をうしろへ立てて、ときどき足の裏をうちあわせる芸当をしたのである。

おじいさんの話というのは次のようであった。

今から五十年ぐらいまえ、ちょうど日露戦争のじぶんのことである。岩滑新田の村に巳之助という十三の少年がいた。

巳之助は、父母も兄弟もなく、親戚のものとて一人もない、まったくのみなしごであった。そこで巳之助は、よその家の走り使いをしたり、女の子のように子守をしたり、米を搗いてあげたり、そのほか、巳之助のような少年にできることなら何でもして、村に置いてもらっていた。

けれども巳之助は、こうして村の人々の御世話で生きてゆくことは、ほんとうをいえばいやであった。子守をしたり、米を搗いたりして一生を送るとするなら、男とうまれた甲斐がないと、つねづね思っていた。

男子は身を立てねばならない。しかしどうして身を立てるか。巳之助は毎日、ご飯を喰べてゆくのがやっとのことであった。本一冊買うお金もなかったし、またたといお金があって本を買ったとしても、読むひまがなかった。

身を立てるのによいきっかけがないものかと、巳之助はこころひそかに待っていた。

すると或る夏の日のひるさがり、巳之助は人力車の先綱を頼まれた。

その頃岩滑新田には、いつも二、三人の人力曳がいた。潮湯治（海水浴のこと）に名古屋から来る客は、たいてい汽車で半田まで来て、半田から知多半島西海岸の大野や新舞子まで人力車でゆられていったもので、岩滑新田はちょうどその道すじにあたっていたからである。

人力車は人が曳くのだからあまり速くは走らない。それに、岩滑新田と大野の間には峠が一つあるから、よけい時間がかかる。おまけにその頃の人力車の輪は、ガラガラと鳴る重い鉄輪だったのである。そこで、急ぎの客は、賃銀を倍出して、二人の人力曳にひいてもらうのであった。巳之助に先綱曳を頼んだのも、急ぎの避暑客であった。

巳之助は人力車のながえにつながれた綱を肩にかついで、夏の入陽のじりじり照りつける道を、えいやえいやと走った。馴（な）れないこととてたいそう苦しかった。しかし巳之助は苦しさなど気にしなかった。好奇心でいっぱいだった。なぜなら巳之助は、物ごころがついてから、村を一歩も出たことがなく、峠の向こうにどんな町があり、どんな人々が住んでいるか知らなかったからである。

日が暮れて青い夕闇（ゆうやみ）の中を人々がほの白くあちこちする頃、人力車は大野の町にはいった。

巳之助はその町でいろいろな物をはじめて見た。軒をならべて続いている大きい商店が、第一、巳之助には珍らしかった。巳之助の村にはあきないやとては一軒しかなかった。駄菓子、草鞋（わらじ）、糸繰りの道具、膏薬（こうやく）、貝殻にはいった目薬、そのほか村で使うたいていの物を売っている小さな店が一軒きりしかなかったのである。

しかし巳之助をいちばんおどろかしたのは、その大きな商店が、一つ一つともしている、花のように明かるいガラスのランプであった。巳之助の村では夜はあかりなしの家が多かった。まっくらな家の中を、人々は盲（めくら）のように手でさぐりながら、水甕（みずがめ）や、石臼や大黒柱をさぐりあてるのであった。すこしぜいたくな家では、おかみさんが嫁入りのとき持って来た行燈を使うのであった。行燈は紙を四方に張りめぐらした中に、油のはいった皿があって、その皿のふちにのぞいている燈心に、桜の莟ぐらいの小さいほのおがともると、まわりの紙にみかん色のあたたかな光がさし、附近は少し明かるくなったのである。しかしどんな行燈にしろ、巳之助が大野の町で見たランプの明かるさにはとても及ばなかった。

それにランプは、その頃としてはまだ珍らしいガラスでできていた。煤けたり、破れたりしやすい紙でできている行燈より、これだけでも巳之助にはいいもののように思われた。

このランプのために、大野の町ぜんたいが竜宮城かなにかのように明かるく感じられた。もう巳之助は自分の村へ帰りたくないとさえ思った。人間は誰でも明かるいところから暗いところに帰るのを好まないのである。

巳之助は駄賃の十五銭を貰うと、人力車とも別れてしまって、お酒にでも酔ったように、波の音のたえまないこの海辺の町を、珍らしい商店をのぞき、美しく明かるいランプに見とれて、さまよっていた。

呉服屋では、番頭さんが、椿の花を大きく染め出した反物を、ランプの光の下にひろげて客に見せていた。穀屋(こくや)では、小僧さんがランプの下で小豆(あずき)のわるいのを一粒ずつ拾い出していた。また或る家では女の子が、ランプの光の下に白くひかる貝殻を散らしておはじきをしていた。また或る店ではこまかい珠(たま)に糸を通して数珠(じゅず)をつくっていた。ランプの青やかな光のもとでは、人々のこうした生活も、物語か幻燈の世界でのように美しくなつかしく見えた。

巳之助は今までなんども、「文明開化で世の中がひらけた」ということをきいていたが、今はじめて文明開化ということがわかったような気がした。

歩いているうちに、巳之助は、様々なランプをたくさん吊(つる)してある店のまえに来た。

これはランプを売っている店にちがいない。

巳之助はしばらくその店のまえで十五銭を握りしめながらためらっていたが、やがて決心してつかつかとはいっていった。

「ああいうものを売っとくれや」

と巳之助はランプをゆびさしていった。まだランプという言葉を知らなかったのである。

　店の人は、巳之助がゆびさした大きい吊(つり)ランプをはずして来たが、それは十五銭では買えなかった。

「負けとくれや」

と巳之助はいった。

「そうは負からん」

と店の人は答えた。

「卸値で売っとくれや」

巳之助は村の雑貨屋へ、作った草鞋を買ってもらいによく行ったので、物には卸値と小売値があって、卸値は安いということを知っていた。たとえば、村の雑貨屋は、巳之助の作った瓢簞型の草鞋を卸値の一銭五厘で買いとって、人力曳たちに小売値の二銭五厘で売っていたのである。

ランプ屋の主人は、見も知らぬどこかの小僧がそんなことをいったので、びっくりしてまじまじと巳之助の顔を見た。そしていった。

「卸値で売れって、そりゃ相手がランプを売る家なら卸値で売ってあげてもいいが、一人一人のお客に卸値で売るわけにはいかんな」

「ランプ屋なら卸値で売ってくれるだのイ？」

「ああ」

「そんなら、おれ、ランプ屋だ。卸値で売ってくれ」

店の人はランプを持ったまま笑い出した。

「おめえがランプ屋？　はッはッはッはッ」

「ほんとうだよ、おッつあん。おれ、ほんとうにこれからランプ屋になるんだ。な、だから頼むに、今日は一つだけンど卸値で売ってくれや。こんど来るときゃ、たくさん、いっぺんに買うで」

店の人ははじめ笑っていたが、巳之助の真剣なようすに動かされて、いろいろ巳之助の身の上をきいたうえ、

「よし、そんなら卸値でこいつを売ってやろう。ほんとは卸値でもこのランプは十五銭じゃ売れないけど、おめえの熱心なのに感心した。負けてやろう。そのかわりしっかりしょうばいをやれよ。うちのランプをどんどん持ってって売ってくれ」

といって、ランプを巳之助に渡した。

巳之助はランプのあつかい方を一通り教えてもらい、ついでに提燈がわりにそのランプをともして、村へむかった。

藪や松林のうちつづく暗い峠道でも、巳之助はもう恐くはなかった。花のように明かるいランプをさげていたからである。

巳之助の胸の中にも、もう一つのランプがともっていた。文明開化に遅れた自分の

暗い村に、このすばらしい文明の利器を売りこんで、村人たちの生活を明かるくしてやろうという希望のランプが——

巳之助の新しいしょうばいは、はじめのうちまるではやらなかった。百姓たちは何でも新しいものを信用しないからである。

そこで巳之助はいろいろ考えたあげく、村で一軒きりのあきないやへそのランプを持っていって、ただで貸してあげるからしばらくこれを使って下さいと頼んだ。

雑貨屋の婆(ばあ)さんは、しぶしぶ承知して、店の天井に釘(くぎ)を打ってランプを吊し、その晩からともした。

五日ほどたって、巳之助が草鞋を買ってもらいに行くと、雑貨屋の婆さんはにこにこしながら、こりゃたいへん便利で明かるうて、夜でもお客がよう来てくれるし、釣銭をまちがえることもないので、気に入ったから買いましょう、といった。その上、ランプのよいことがはじめてわかった村人から、もう三つも注文のあったことを巳之助にきかしてくれた。巳之助はとびたつように喜んだ。

そこで雑貨屋の婆さんからランプの代と草鞋の代を受けとると、すぐその足で、走るようにして大野へいった。そしてランプ屋の主人にわけを話して、足りないところは貸してもらい、三つのランプを買って来て、注文した人に売った。

　これから巳之助のしょうばいははやって来た。

　はじめは注文をうけただけ大野へ買いにいっていたが、少し金がたまると、注文はなくてもたくさん買いこんで来た。

　そして今はもう、よその家の走り使いや子守をすることはやめて、ただランプを売るしょうばいだけにうちこんだ。物干台のようなわくのついた車をしたてて、それにランプやほやなどをいっぱい吊し、ガラスの触れあう涼しい音をさせながら、巳之助は自分の村や附近の村々へ売りにいった。

　巳之助はお金も儲かったが、それとは別に、このしょうばいがたのしかった。今まで暗かった家に、だんだん巳之助の売ったランプがともってゆくのである。暗い家に、巳之助は文明開化の明かるい火を一つ一つともしてゆくような気がした。

　巳之助はもう青年になっていた。それまでは自分の家とてはなく、区長さんのところの軒のかたむいた納屋に住ませてもらっていたのだが、小金がたまったので、自分の家もつくった。すると世話してくれる人があったのでお嫁さんももらった。

　或るとき、よその村でランプの宣伝をしておって、「ランプの下なら畳の上に新聞をおいて読むことが出来るのイ」と区長さんに以前きいていたことをいうと、お客さんの一人が「ほんとかン？」とききかえしたので、嘘のきらいな巳之助は、自分でためして見る気になり、区長さんのところから古新聞をもらって来て、ランプの下にひろげた。

やはり区長さんのいわれたことはほんとうであった。新聞のこまかい字がランプの光で一つ一つはっきり見えた。「わしは嘘をいってしょうばいをしたことにはならない」と巳之助はひとりごとをいった。しかし巳之助は、字がランプの光ではっきり見えても何にもならなかった。字を読むことができなかったからである。

「ランプで物はよく見えるようになったが、字が読めないじゃ、まだほんとうの文明開化じゃねえ」

そういって巳之助は、それから毎晩区長さんのところへ字を教えてもらいにいった。

熱心だったので一年もすると、巳之助は尋常科を卒業した村人の誰にも負けないくらい読めるようになった。

そして巳之助は書物を読むことをおぼえた。

巳之助はもう、男ざかりの大人であった。家には子供が二人あった。「自分もこれでどうやらひとり立ちができたわけだ。まだ身を立てるというところまではいっていないけれども」と、ときどき思って見て、そのつど心に満足を覚えるのであった。

　さて或る日、巳之助がランプの芯を仕入れに大野の町へやって来ると、五、六人の人夫が道のはたに穴を掘り、太い長い柱を立てているのを見た。その柱の上の方には腕のような木が二本ついていて、その腕木には白い瀬戸物のだるまさんのようなものがいくつかのっていた。こんな奇妙なものを道のわきに立てて何にするのだろう、と思いながら少し先にゆくと、また道ばたに同じような高い柱が立っていて、それには雀（すずめ）が腕木にとまって鳴いていた。

　この奇妙な高い柱は五十米（メートル）ぐらい間をおいては、道のわきに立っていた。

　巳之助はついに、ひなたでうどんを乾（ほ）している人にきいてみた。すると、うどんやは「電気とやらいうもんが今度ひけるだげな。そいでもう、ランプはいらんようになるだげな」と答えた。

　巳之助にはよくのみこめなかった。電気のことなどまるで知らなかったからだ。ランプの代りになるものらしいのだが、そうとすれば、電気というものはあかりにちがいあるまい。あかりなら、家の中にともせばいいわけで、何もあんなとてつもない柱を道のくろに何本もおっ立てることはないじゃないかと、巳之助は思ったのである。

　それから一月（ひとつき）ほどたって、巳之助がまた大野へ行くと、この間立てられた道のはたの太い柱には、黒い綱のようなものが数本わたされてあった。黒い綱は、柱の腕木にのっているだるまさんの頭を一まきして次の柱へわたされ、そこでまただるまさんの頭を一まきして次の柱にわたされ、こうしてどこまでもつづいていた。

注意してよく見ると、ところどころの柱から黒い綱が二本ずつだるまさんの頭のところで別れて、家の軒端(のきば)につながれているのであった。

「へへえ、電気とやらいうもんはあかりがともるもんかと思ったら、これはまるで綱じゃねえか。雀や燕(つばめ)のええ休み場というもんよ」

と巳之助が一人であざわらいながら、知合いの甘酒屋にはいってゆくと、いつも土間のまん中の飯台(はんだい)の上に吊してあった大きなランプが、横の壁の辺に取りかたづけられて、あとにはそのランプをずっと小さくしたような、石油入れのついていない、変なかっこうのランプが、丈夫そうな綱で天井からぶらさげられてあった。

「何だやい、変なものを吊したじゃねえか。あのランプはどこか悪くでもなったかやい」

と巳之助はきいた。すると甘酒屋が、

「ありゃ、こんどひけた電気というもんだ。火事の心配がのうて、明かるうて、マッチはいらぬし、なかなか便利なもんだ」

と答えた。

「ヘッ、へ、へんてこれんなものをぶらさげたもんよ。これじゃ甘酒屋の店も何だか間がぬけてしまった。客もへるだろうよ」

甘酒屋は、相手がランプ売であることに気がついたので、電燈の便利なことはもういわなかった。

「なア、甘酒屋のとッつあん。見なよ、あの天井のとこを。ながねんのランプの煤であそこだけ真黒になっとるに。ランプはもうあそこにいついてしまったんだ。今になって電気たらいう便利なもんができたからとて、あそこからはずされて、あんな壁のすみっこにひっかけられるのは、ランプがかわいそうよ」

こんなふうに巳之助はランプの肩をもって、電燈のよいことはみとめなかった。

ところでまもなく晩になって、誰もマッチ一本すらなかったのに、とつぜん甘酒屋の店が真昼のように明かるくなったので、巳之助はびっくりした。あまり明かるいので、巳之助は思わずうしろをふりむいて見たほどだった。

「巳之さん、これが電気だよ」

巳之助は歯をくいしばって、ながいあいだ電燈を見つめていた。敵(かたき)でも睨(にら)んでいるようなおつきであった。あまり見つめていて眼のたまが痛くなったほどだった。

「巳之さん、そういっちゃ何だが、とてもランプで太刀うちはできないよ。ちょっと外へくびを出して町通りを見てごらんよ」

巳之助はむっつりと入口の障子をあけて、通りをながめた。どこの家どこの店にも、甘酒屋のと同じように明かるい電燈がともっていた。光は家の中にあまって、道の上にまでこぼれ出ていた。ランプを見なれていた巳之助にはまぶしすぎるほどのあかりだった。巳之助は、くやしさに肩でいきをしながら、これも長い間ながめていた。

ランプの、てごわいかたきが出て来たわい、と思った。いぜんには文明開化ということをよく言っていた巳之助だったけれど、電燈がランプよりいちだん進んだ文明開化の利器であるということは分らなかった。りこうな人でも、自分が職を失うかどうかというようなときには、物事の判断が正しくつかなくなることがあるものだ。

その日から巳之助は、電燈が自分の村にもひかれるようになることを、心ひそかにおそれていた。電燈がともるようになれば、村人たちはみんなランプを、あの甘酒屋のしたように壁の隅につるすか、倉の二階にでもしまいこんでしまうだろう。ランプ屋のしょうばいはいらなくなるだろう。

だが、ランプでさえ村へはいって来るにはかなりめんどうだったから、電燈となっては村人たちはこわがって、なかなか寄せつけることではあるまい、と巳之助は、一方では安心もしていた。

しかし間もなく、「こんどの村会で、村に電燈を引くかどうかを決めるだけな」という噂をきいたときには、巳之助は脳天に一撃をくらったような気がした。強敵いよいよござんなれ、と思った。

そこで巳之助は黙ってはいられなかった。村の人々の間に、電燈反対の意見をまくしたてた。

「電気というものは、長い線で山の奥からひっぱって来るもんだでのイ、その線をば夜中に狐や狸がつたって来て、この近ぺんの田畠を荒らすことはうけあいだね」

こういうばかばかしいことを巳之助は、自分の馴れたしょうばいを守るためにいうのであった。それをいうとき何かうしろめたい気がしたけれども。

村会がすんで、いよいよ岩滑新田の村にも電燈をひくことにきまったと聞かされたときにも、巳之助は脳天に一撃をくらったような気がした。こうたびたび一撃をくらってはたまらない、頭がどうかなってしまう、と思った。

その通りであった。頭がどうかなってしまった。村会のあとで三日間、巳之助は昼間もふとんをひっかぶって寝ていた。その間に頭の調子が狂ってしまったのだ。

巳之助は誰かを怨みたくてたまらなかった。そこで村会で議長の役をした区長さんを怨むことにした。そして区長さんを怨まねばならぬわけをいろいろ考えた。へいぜいは頭のよい人でも、しょうばいを失うかどうかというようなせとぎわでは、正しい判断をうしなうものである。とんでもない怨みを抱くようになるものである。

菜の花ばたの、あたたかい月夜であった。どこかの村で春祭の支度に打つ太鼓がとほとほと聞えて来た。

巳之助は道を通ってゆかなかった。みぞの中を鼬(いたち)のように身をかがめて走ったり、藪の中を捨犬のようにかきわけたりしていった。他人に見られたくないとき、人はこうするものだ。

区長さんの家には長い間やっかいになっていたので、よくその様子はわかっていた。火をつけるにいちばん都合のよいのは藁屋根(わらやね)の牛小屋であることは、もう家を出るときから考えていた。

母屋(おもや)はもうひっそり寝しずまっていた。牛小屋もしずかだった。しずかだといって、牛は眠っているかめざめているかわかったもんじゃない。牛は起きていても寝ていてもしずかなものだから。もっとも牛が眼をさましていたって、火をつけるにはいっこうさしつかえないわけだけれども。

巳之助はマッチのかわりに、マッチがまだなかったじぶん使われていた火打の道具を持って来た。家を出るとき、かまどのあたりでマッチを探したが、どうしたわけかなかなか見つからないので、手にあたったのをさいわい、火打の道具を持って来たのだった。

巳之助は火打で火を切りはじめた。火花は飛んだが、ほくちがしめっているのか、ちっとも燃えあがらないのであった。巳之助は火打というものは、あまり便利なものではないと思った。火が出ないくせにカチカチと大きな音ばかりして、これでは寝ている人が眼をさましてしまうのである。

「ちぇッ」と巳之助は舌打ちしていった。「マッチを持って来りゃよかった。こげな火打みてえな古くせえもなア、いざというとき間にあわねえだなア」

そういってしまって巳之助は、ふと自分の言葉をききとがめた。

「古くせえもなア、いざというとき間にあわねえ、……古くせえもなア間にあわねえ……」

ちょうど月が出て空が明かるくなるように、巳之助の頭がこの言葉をきっかけにして明かるく晴れて来た。

巳之助は、今になって、自分のまちがっていたことがはっきりとわかった。――ランプはもはや古い道具になったのである。電燈という新しいいっそう便利な道具の世の中になったのである。それだけ世の中がひらけたのである。文明開化が進んだのである。巳之助もまた日本のお国の人間なら、日本がこれだけ進んだことを喜んでいいはずなのだ。古い自分のしょうばいが失われるからとて、世の中の進むのにじゃましようとしたり、何の怨みもない人を怨んで火をつけようとしたのは、男として何という見苦しいざまであったことか。世の中が進んで、古いしょうばいがいらなくなれば、男らしく、すっぱりそのしょうばいは棄(す)てて、世の中のためになる新しいしょうばいにかわろうじゃないか。——

巳之助はすぐ家へとってかえした。

そしてそれからどうしたか。

寝ているおかみさんを起して、今家にあるすべてのランプに石油をつがせた。

おかみさんは、こんな夜更(よふ)けに何をするつもりか巳之助にきいたが、巳之助は自分がこれからしようとしていることをきかせれば、おかみさんが止めるにきまっているので、黙っていた。

ランプは大小さまざまのがみなで五十ぐらいあった。それにみな石油をついだ。そしていつもあきないに出るときと同じように、車にそれらのランプをつるして、外に出た。こんどはマッチを忘れずに持って。

道が西の峠にさしかかるあたりに、半田池という大きな池がある。春のことでいっぱいたたえた水が、月の下で銀盤のようにけぶり光っていた。池の岸にははんの木や柳が、水の中をのぞくようなかっこうで立っていた。

巳之助は人気のないここを選んで来た。

さて巳之助はどうするというのだろう。

巳之助はランプに火をともした。一つともしては、それを池のふちの木の枝に吊した。小さいのも大きいのも、とりまぜて、木にいっぱい吊した。一本の木で吊しきれないと、そのとなりの木に吊した。こうしてとうとうみんなのランプを三本の木に吊した。

風のない夜で、ランプは一つ一つがしずかにまじろがず、燃え、あたりは昼のように明かるくなった。あかりをしたって寄って来た魚が、水の中にきらりきらりとナイフのように光った。

「わしの、しょうばいのやめ方はこれだ」

と巳之助は一人でいった。しかし立去りかねて、ながいあいだ両手を垂れたままランプの鈴なりになった木を見つめていた。

ランプ、ランプ、なつかしいランプ。ながの年月なじんで来たランプ。

「わしの、しょうばいのやめ方はこれだ」

それから巳之助は池のこちら側の往還に来た。まだランプは、向こう側の岸の上にみなともっていた。五十いくつがみなともっていた。そして水の上にも五十いくつの、さかさまのランプがともっていた。立ちどまって巳之助は、そこでもながく見つめていた。

ランプ、ランプ、なつかしいランプ。

やがて巳之助はかがんで、足もとから石ころを一つ拾った。そして、いちばん大きくともっているランプに狙いをさだめて、力いっぱい投げた。パリーンと音がして、大きい火がひとつ消えた。

「お前たちの時世はすぎた。世の中は進んだ」

と巳之助はいった。そしてまた一つ石ころを拾った。二番目に大きかったランプが、パリーンと鳴って消えた。

「世の中は進んだ。電気の時世になった」

三番目のランプを割ったとき、巳之助はなぜか涙がうかんで来て、もうランプに狙いを定めることができなかった。

　こうして巳之助は今までのしょうばいをやめた。それから町に出て、新しいしょうばいをはじめた。本屋になったのである。

＊

「巳之助さんは今でもまだ本屋をしている。もっとも今じゃだいぶ年とったので、息子が店はやっているがね」

と東一君のおじいさんは話をむすんで、冷めたお茶をすった。巳之助さんというのは東一君のおじいさんのことなので、東一君はまじまじとおじいさんの顔を見た。いつの間にか東一君はおじいさんのまえに坐りなおして、おじいさんのひざに手をおいたりしていたのである。

「そいじゃ、残りの四十七のランプはどうした？」

と東一君はきいた。

「知らん。次の日、旅の人が見つけて持ってったかも知れない」

「そいじゃ、家にはもう一つもランプなしになっちゃった？」

「うん、ひとつもなし。この台ランプだけが残っていた」

とおじいさんは、ひるま東一君が持出したランプを見ていった。

「損しちゃったね。四十七も誰かに持ってかれちゃって」

と東一君がいった。

「うん損しちゃった。今から考えると、何もあんなことをせんでもよかったとわしも思う。岩滑新田（やなべしんでん）に電燈がひけてからでも、まだ五十ぐらいのランプはけっこう売れたんだからな。岩滑新田の南にある深谷（ふかだに）なんという小さい村じゃ、まだ今でもランプを使っているし、ほかにも、ずいぶんおそくまでランプを使っていた村は、あったのさ。しかし何しろわしもあの頃は元気がよかったんでな。思いついたら、深くも考えず、ぱっぱっとやってしまったんだ」

「馬鹿（ばか）しちゃったね」

と東一君は孫だからえんりょなしにいった。

「うん、馬鹿しちゃった。しかしね、東坊――」

とおじいさんは、きせるを膝（ひざ）の上でぎゅッと握りしめていった。

「わしのやり方は少し馬鹿だったが、わしのしょうばいのやめ方は、自分でいうのもなんだが、なかなかりっぱだったと思うよ。わしの言いたいのはこうさ、日本がすすんで、自分の古いしょうばいがお役に立たなくなったら、すっぱりそいつをすてるのだ。いつまでもきたなく古いしょうばいにかじりついていたり、自分のしょうばいがはやっていた昔の方がよかったといったり、世の中のすすんだことをうらんだり、そんな意気地(いくじ)のねえことは決してしないということだ」

東一君は黙って、ながい間おじいさんの、小さいけれど意気のあらわれた顔をながめていた。やがて、いった。

「おじいさんはえらかったんだねえ」

そしてなつかしむように、かたわらの古いランプを見た。

和太郎さんと牛

一

牛曳きの和太郎さんは、たいへんよい牛を持っているると、みんながいっていました。だがそれは、よぼよぼの年とった牛で、お尻の肉がこけて落ちて、あばら骨も数えられるほどでした。そして空車を曳いてさえ、じきに舌を出して、苦しそうに息をするのでした。

「こんな牛の、どこがいいものか。和太は馬鹿だ。こんなにならないまえに、売ってしまって、もっと若い、元気のいいのを買えばよかったんだ」

と次郎左エ門さんはいうのでした。次郎左エ門さんは若い頃、東京にいて、新聞の配達夫をしたり、外国人の宣教師の家で下男をしたりして、さまざま苦労したすえ、りくつが好きで仕事がきらいになって村に戻った、という人でありました。

しかし、次郎左エ門さんがそういっても、和太郎さんのよぼよぼ牛は、和太郎さんにとってはたいそうよい牛でありました。

どういうわけなのでしょうか。

人間には誰しも癖があります。和太郎さんにも一つ悪い癖があって、和太郎さんはそれをいわれると、いつも恐れ入って、頭をかき、ついでに背中のかゆいところまでかくのですが、それというのはお酒を飲むことでありました。

村から町へいくとちゅう、道ばたに大きい松が一本あり、そのかげに茶店が一軒ありました。ちょうどうまいぐあいに、松の木が一本と茶店が一軒ならんであるということが、和太郎さんにはよくなかったのです。というのは、松の木というものは牛をつないでおくによいもので、茶店というものはお酒の好きな人が、ちょっといっぷくするによいものだからです。

そこで和太郎さんは、そこを通りかかると、つい、牛を松につないで、ふらふらと茶店にはいって、ちょっといっぷくしてしまうのでした。

ちょっといっぷくのつもりで、和太郎さんは茶店にはいるのです。けれど酒をのんでいるうちに、人間の考えはよく変ってしまうものです。もうちょっと、もうちょっと、と思って一時間くらいじきすごしてしまいます。するとちょうど日暮になりますから、「ま、こうなりゃ月がでるまで待っていよう。暗い道を帰るよりましだから」とまた坐りなおしてしまいます。

ほんとうに、そのうち月が出ます。野原は菜の花が咲いているじぶんにしろ、稲の苗のうわったじぶんにしろ、月がでれば、明かるくて美しいものです。しかし月が出ても出なくても、もう和太郎さんにはどうでもいいことです。

というのは、和太郎さんは、そのころまでにひどく酔っぱらってしまうので、眼などはっきりあけてはいられないからです。

それがしょうこに、和太郎さんは、牛と松の木のくべつがつかないのです。ですから、松の木にまきつけた綱をさがすつもりで、牛の腹をいつまでもなでまわしたりします。

しかたがないので、茶屋のおよし婆さんが、手綱をといてやります。そのうえおよし婆さんは、小田原提燈に火をともして、牛車の台のうしろにつるしてやります。なにしろ酒のみは、へいきで人に世話をさせるものです。

和太郎さんは、およし婆さんに世話をさせるばかりではありません。これから牛のお世話になるのです。二、三町もあるくと、和太郎さんは、「夜道はこうも遠いものか」と考えはじめるのです。そして手綱を牛の角にひっかけておいて、じぶんは車の上にはいあがります。

こうすれば、もう夜道がどんなに遠くても和太郎さんにはかまわないわけです。ただ、眠っているあいだに、車からころげ落ちないように、荷をしばりつける綱を輪にして、じぶんのあごにひっかけておくことを忘れては、いけないのです。

眼がさめると、和太郎さんはじぶんの家の庭に来ています。牛がちゃんと道を知っていて、家へ戻って来てくれるのです。

こんなことはたびたびありました。いっぺんも牛は、道をまちがえて、和太郎さんを海の方へつれていったり、知らない村の方へひいていったことはなかったのです。

だから和太郎さんにとって、この牛はこんなよぼよぼのみすぼらしい牛ではありましたが、たいへん役に立つよい牛でありました。もし、次郎左エ門さんのすすめにしたがって、この牛を売って若い元気な牛とかえたとしたら、こんど和太郎さんが酔っぱらうとき、何処（どこ）で眼がさめるかわかったものではありません。十里さきの、名古屋の街のまん中で、酔いからさめるかも知れません。それとも、この半島のはしの、海にのぞんだ崖（がけ）っぷちの上で眼がさめ、びっくりするようなことになるかも知れません。なにしろ、若い牛は元気がいいので、ひと晩のうちに十里くらいは歩くでしょうから。

「和太郎さんはいい牛を持っている」とみんなはいっていました。「まるで、気がよくきいて親切なおかみさんのような」といっていました。

二

ところで、和太郎さんのおかみさんのことです。

和太郎さんのおかみさんについては悲しいおもいでがありました。

和太郎さんも、若かったとき、ひとなみにお嫁さんをもらいました。

今まで、年とった眼っかちのお母さんと二人きりの寂しい生活をしていましたので、若いお嫁さんが来ると、和太郎さんの家は、毎日がお祭のように、明かるくたのしくなりました。

美しくて、まめまめしく働くお嫁さんなので、和太郎さんも眼っかちのお母さんも、喜んでいました。

けれど、和太郎さんは、ある日、おかしなことにめをつけました。それは、ごはんを家じゅう三人で喰(た)べるとき、お嫁さんがいつも、顔を横に向けて壁の方を見ていることでありました。

和太郎さんは十日間それをだまって見ていました。お嫁さんはあいかわらず、壁の方に顔をむけてご飯をたべるのでありました。

とうとう和太郎さんは、がまんができなくなって、ききました。

「おまえは、くびをそういうふうに、ねじむけておかないと、ご飯がのどを通っていかないのかや。それとも、うちの壁に何かかわったことでもあるのかや」

するとお嫁さんは、何も答えないで、箸を持った手を膝の上においたまま、うつむいてしまいました。

あとで、二人きりになったとき、お嫁さんは小さい声で和太郎さんにつげました。

「わたしは、お母さんのつぶれた方の眼を見ると気持がわるくなるのです。つぶれて、赤い肉が見えているでしょう、あれを見てはごはんがのどを通らないので、横を向いているのです」

「そうか。だがお母さんは遊んでいて眼をつぶしたのじゃないぞや。田の草をとっていて、稲の穂先でついたのがもとで、あの眼をつぶしたのだぞや」

と和太郎さんはいいました。

「わたしは、どういうもんか、あのつぶれた眼の赤い肉の色を見ると、気持がわるくなるのです」

とお嫁さんはまたいうのでした。

「だが、お母さんは、稲でついて眼をつぶしたのだぞや。そんなにして、わしを育ててくれたのだぞや」

「でも、わたしは、あのつぶれた眼を見ていてはご飯がのどを通りません」

和太郎さんはお母さんと二人きりになったとき、お母さんに話しました。

「おチヨは、お母さんのつぶれた方の眼を見ていると、気持がわるくて、ご飯がのどを通らんそうです」

それをきくと、年とったお母さんは、豆を叩(たた)くのをやめて、しばらく悲しげな顔をしていました。そしていいました。

「そりゃ、もっともじゃ。こんなかたわを見ていちゃ、若いものには気持がよくあるまい。わしはまえから、嫁ごが来たら、おまえたちのじゃまにならぬように、どこかへ奉公に出ようと思っていたのだよ。それじゃ、あしたから枡半(ますはん)さんのところへ奉公にいこう。あそこじゃ飯焚(めした)き婆さんがほしいそうだから」

つぎの日、年とったお母さんは、少しの荷物を風呂敷(ふろしき)包みにして、ひざかりにこうもりがさをさして、家を出ていきました。門先(かどさき)のもえるように咲きさかっているつつじのあいだを通って、いってしまいました。

畑の垣根をなおしながら、和太郎さんはお母さんを見送っていました。お母さんが見えなくなると、つつじの赤が和太郎さんの眼にしみました。

和太郎さんは泣けて来ました。こんな年とったお母さんを、いままた奉公させに、よその家にやってよいものでしょうか。せっせと働いて、苦労をしつづけて、ひとりむすこの和太郎さんを育ててくれたお母さんを。

和太郎さんは縄切れを持ったまま、とんでいって、お母さんの手をつかむと、だまってぐんぐん家へひっぱって来ました。

「おい、おい、おチヨ」

と和太郎さんは呼びました。

お嫁さんは台所から、手を拭きながら、出て来ました。

「おまえは、近いうちにさとへいっぺん帰りたい用があるといっていたな」

「はい」

「それじゃ、今日、いまから行きなさい」

お嫁さんは、じぶんの生まれた家に久しぶりに帰ることができるので、うれしくてたまりませんでした。さっそくよい着物にかえました。

「さとには筍がなかったな。筍を持っていきなさい。蕗もたくさんもっていきなさい」

と和太郎さんはいいました。

お嫁さんは、たくさんのおみやげを抱えこんで、戸口を出ていいました。

「それじゃ、いって参ります」

「ああ、いけや」と和太郎さんはいいました。「そうして、もう、ここへ来なくてもよいぞや」

お嫁さんはびっくりしました。しかしいくらお嫁さんがびっくりしたところで、和太郎さんの心はもうかわりませんでした。

こうして和太郎さんはお嫁さんとわかれてしまいました。

そののち、あちこちから、お嫁さんの話はありましたが、和太郎さんはもうもらいませんでした。ときどき、もう一ぺんもらって見ようか、と思うこともありましたが、壁を見ると、「やっぱり、よそう」と考えがかわるのでした。

しかし、お嫁さんをもらわない和太郎さんは、ひとつ残念なことがありました。それは子供がないということです。

お母さんは年をとって、だんだん小さくなっていきます。和太郎さんも、今はおとこざかりですが、やがてお爺さんになってしまうのです。牛もそのうちには、もっと尻がやせ、あばら骨がろくぼくのようにあらわれ、ついには死ぬのです。そうすると、和太郎さんの家はほろびてしまいます。

お嫁さんはいらないが、子供がほしい、とよく和太郎さんは考えるのでありました。

三

人間はほかの人間からお世話になるとお礼をします。けれど、牛や馬からお世話になったときには、あまりいたしません。お礼をしなくても、牛や馬は、べつだん文句をいわないからであります。だが、これは不公平な、いけないやり方である、と和太郎さんは思っていました。何か、よぼよぼ牛のたいそう喜ぶようなことをして、ひごろお世話になっているお礼にしたいものだ、と考えていました。

すると、そういうよいおりが、やってきました。

百姓ばかりの村には、ほんとうに平和な、金色（こんじき）の夕暮をめぐまれることがありますが、それは、そんな春の夕暮でありました。出そろって、山羊（やぎ）小屋の窓をかくしている大麦の穂の上に、やわらかに夕日のひかりが流れておりました。

和太郎さんは、よぼよぼ牛に車を曳かせて、町へいくとちゅうでした。

和太郎さんは、いつも機嫌がいいのですが、きょうはまたいちだんとはれやかな顔をしていました。酒樽（さかだる）を積んでいたからであります。

酒樽を隣村の酒屋から、町の酢屋（すや）までとどけるようにたのまれたのです。その中にはお酒の滓がつまっていました。滓というのは、お酒を造るとき、樽の底にたまる、乳色の濁ったものであります。

酒樽はゆれるたびに、どぼオん、どぼオん、と重い音をたてました。そして静かな百姓の村の日暮に、お酒の匂いをふりまいていきました。

和太郎さんは、はれやかな顔をしながら、いつもこういう荷物をたのまれたいものだ、音をきいているだけで、しゃばの苦しみを忘れる、などと考えていました。するととつぜん、ぼんと音がしました。

見ると、一つの樽のかがみ板が、とんでしまい、ちょうど車が坂にかかって、傾いていたので、白い滓が滝のように流れだしていました。

「こりゃ、こりゃ」

と和太郎さんはいいましたが、もうどうしようもありませんでした。滓は地面にこぼれ、くぼんだところにたまって、いっそうぷんぷんとよい匂いをさせました。

匂いをかいで、酒好きの百姓や、年よりがあつまって来ました。村のはずれに住んでいる、おトキ婆さんまでやって来たところを見ると、滓の匂いは五町も流れていったにちがいありません。

みんながあつまって来たとき、和太郎さんは、車のまわりをうろうろしていました。

「こりゃ、おれの罪じゃない。滓というやつは、ゆすられるとふえるもんだ。牛車でごとごとゆすられて来るうちに、ふえたんだ。それに、このぬくとい陽気だから、よけいふえたんだ」

と和太郎さんは、旦那(だんな)にするいいわけを、村の人々にむかっていいました。

「そうだ、そうだ」

と人々はあいづちをうちながら、道にたまった、たくさんの滓をながめて、のどをならしました。

「さて、こりゃ、どうしたものぞい。ほっときゃ土が吸ってしまうが」

と年とった百姓が、藁(わら)すべを滓にひたしてはしゃぶりながらいいました。

ほんとに、ほっとけば土が吸ってしまう、とみんなが思いました。そのとき和太郎さんがいいことを思いついたのでした。

和太郎さんは、牛をくびきからはなしました。そしてこぼれた滓のところにつれていきました。

「そら、なめろ」

牛は、滓の上に首をさげて、しばらくじっとしていました。それは匂いをかいで、これはうまいものかまずいものか、と判断しているように見えました。

見ている百姓たちも、息を殺して、牛は酒を飲むか飲まぬかと考えていました。牛は舌を出して、ぺろりと一なめやりました。そしてまたちょっと動かずにいました。口の中でその味をよくしらべているに違いありません。見ている百姓たちは、あまり息を殺していたので、胸が苦しくなったほどでありました。

牛はまたぺろりとなめました。そしてあとは、ぺろりぺろりとなめ、おまけに、ふうふうという鼻息までくわわったので、たいそういそがしくなりました。

「牛というもなア、酒の好きなけものと見えるなア」

と村人のひとりが、ためいきまじりにいいました。

ほかのものたちは、自分が牛でないことをたいそうざんねんに思いました。

和太郎さんは、牛がおいしそうに、滓をなめるのを、喜んで見ていました。

「おオよ。喰べろ喰べろ。いつもお前の世話になっておるで、お礼をせにゃならんと思っておったのだ。だが、お前が酒好きとは知らなかったのだ」

牛はてまえの滓がなくなると、一足すすんで、むこうの滓をなめました。

「牛てもな、大酒喰いだなア」

と村人のひとりが、ほしい物の貰えなかった子供のように、なげやりにいいました。

「いくらでもええだけ喰べろ」と和太郎さんは、牛の背中をなでながらいいました。「酔うまで喰べろ。酔ってもええぞ、きょうはおれが世話をしてやるぞ。きょうこそ、一生にいっぺんの御恩返しだ」

ついに牛は、滓をなめてしまい、土だけが残りました。もうあたりはうすぐらくなっていました。和太郎さんはまた牛をくびきにつけました。

青い夕影が流れて、そこらの垣根の木苺（きいちご）の花だけが白く浮いている道を、腹いっぱいたべた牛と、ひごろの御恩を返したつもりの和太郎さんが、ともに満足を覚えながら、のろのろと行きました。

四

さて、和太郎さんも、きょうだけはじぶんがお酒を飲むのをよそうと決心していました。和太郎さんの意見では、牛が飲んだうえに、牛飼までが飲むのは、だらしのないことであったのです。

しかし、それなら和太郎さんは、帰り途（みち）を一本松と茶屋の前にとってはならなかったのです。すこしまわり道だけれど、焼場の方の寂しい道をいけばよかったのです。

だが、和太郎さんは、なアに、きょうはだいじょうぶだ、と思いました。「おれにだってわきまえというものがあるさ」とひとりごとをいいました。そして一本松と茶屋の前を通りかかりました。

酒飲みの考えは、酒の近くへ来るとよくかわるものであります。和太郎さんも、茶屋の前まで来ると、自分の石のように固かった決心が、豆腐のようにもろくくずれていくのを覚えました。

じつは、和太郎さんも、牛に酒の滓をなめさせているとき、自分も、のどから手の出るほど飲みたかったのをおさえていたのでした。その慾望が、茶屋の前できゅうにあたまをもちあげてきました。

「ま、ちょっといっぷくするくらい、いいだろう」

と和太郎さんは、手綱を松の太い幹にまきつけながら、いいました。牛はいつものようにおとなしくしていました。

そして和太郎さんは、茶店に、手をこすりながら、はいっていきました。

いつもの通りでした。もうちょっと、もうちょっと、といっているうちに、時間はすぎていきました。徳利（とっくり）の数もふえていきました。

茶屋のおよし婆さんが、いろいろ和太郎さんの世話をやいて、松から手綱を解いてくれたり、小田原提燈に火をともしてくれたのも、いつもの通りでした。

ただ、牛が、地べたの上に寝そべっていたことだけが、いつもと違っていました。およし婆さんは、そうとは知らなかったので、もうすこしで、牛につまずくところでした。和太郎さんは、

「坊（ぼう）よ、起きろ」

といいました。

牛は、ふううッと、太い長い鼻息で答えただけで、起きようとしませんでした。

「坊よ、腹でも痛（いて）えか。起きろ」

といって、和太郎さんは、手綱をぐいッとひっぱりました。

牛はのろのろと、ものうげに体をうごかして、まず尻の方を起しました。前あしは二つに折って地についたままでしばらくいて、大きい鼻息をたてつづけにするのでした。

「あら、いやだよ、この牛は。鍛冶屋（かじや）のふいごのように、ふうふう、いうんだもの」

とおよし婆さんはいいました。「まるで、酔いどれみたいだよ」

その言葉で、和太郎さんは、ようやく、牛もたくさん飲んだことをおもいだしました。そこでおかしくなってげらげら笑っていいました。「それにちげえねえ」

やっとのことで牛が前あしも立てると、和太郎さんはいよいよ家にむかって出発し

ました。

いつも茶屋のおよし婆さんは、和太郎さんが出発してから、かなり長いあいだ、和太郎さんの車の輪が、なわて道の上に立てる、からからという音を、きいたものでした。それが、その日は、じき聞えなくなってしまいました。変だとは思いましたが、婆さんは、あまり気にもとめませんでした。なにしろ、牛飼と牛と両方が酔っぱらっているのですから、どこへ行くのやら、何をするのやら、わかったもんじゃないからです。

五

和太郎さんの年とったお母さんは、ぶいぶいと糸繰車をまわしては、片目で柱時計を見上げ見上げ、夜おそくまで待っていました。

そのうちに、年とって煤（すす）びた柱時計は、しばらくぜいぜいぜいと、喘息持（ぜんそくも）ちのお爺さんのようにのどを鳴らしていてから、ながいあいだかかって、十一時を打ったのでありました。

いつも十一時が打つ頃には、外に車の音がきっとして来るのでした。こんやはどうしたことだろう、とお母さんは思いました。

十分過ぎました。まだ車の音が聞えてきません。お母さんは心配になって、膝から綿くずをはらいおとしながら、門口に出て見ました。

よい月夜で、ねしずまった家々の屋根の瓦が、ぬれて光っていました。道はほのじろく浮かびあがり、遠くまで見えていました。けれど遠くにも和太郎さんの車のかげはありませんでした。

和太郎さんが夜、家に帰らなかったことといえば、いままでに、ほんの数えるほどしかありませんでした。お母さんは、どんなときに和太郎さんがよそでとまったか、ちゃんとおぼえていました。和太郎さんが小学生だった頃、学校から伊勢参宮をしたとき二晩、それから和太郎さんが若い衆であった頃、吉野山へ村の若い者たちと一しょにいったときが五晩、そしてやはり、若い衆であった頃、毎年村の祭の夜一晩ずつ山車の夜番をしに行ったものでした。そのほかに、和太郎さんが、家をあけてよそでとまって来たことは、いっぺんもなかったのです。そこでお母さんは、だんだん心配になってきました。

十一時が二十分たちました。まだ和太郎さんは帰って来ません。お母さんはとうとう決心しました。駐在所のお巡査さんのところへ相談にいったのでした。

お巡査さんの芝田さんは、何か事件でも起ったかと、電燈の下であわてて黒いズボンをはき、サーベルを腰につるしながら下りて来ました。

しかし芝田さんは、話をきいて、少しはりあいがぬけました。「そりゃ、また和太郎さんがいっぱいやったんだろう」といいました。

「ンでも、こげなこた、いっぺんもございませんもの。あれにかぎって、いくら酔っておっても、十一時にはちゃんと帰って来ますだがのイ」

と和太郎さんのお母さんはいいました。そして、十一時が二十分すぎてもまだ帰って来ないのは、きっと途中で追剝(おいはぎ)にでもつかまったにちがいないといいはるのでありました。

芝田さんは、この治まった御代(みよ)に、追剝などが、やたらにいるものではないことをきかせました。和太郎さんはいつも自分は正体もなく酔って牛に曳かれて帰って来るのだから、こんやは、牛が何かのぐあいで二、三十分おくれたのだろう、何しろ牛なぞというものは、あまり時間の正確な動物ではないから、ともいうのでした。

けれど和太郎さんのお母さんは、自分の考えをいつまでもいいはるので、芝田さんもとうとう、根負けがしてしまって、

「よし、それでは捜索することにしよう」

といいました。

いつも事件が起ったときには、村の青年団が駐在巡査の応援をすることになっていましたので、芝田さんは青年団の人々にあつまってもらいました。まもなく青年団員は制服をきてゲートルをまいて、棒切れをもって寄って来ました。青年団員ばかりでなく、ほかの大人や、腰のまがりかかったお爺さんまでやって来ました。

じつは、このような、夜なかに、人が消えたというような事件は、この村にはもう何十年もなかったのでした。この前、青年団が芝田さんの応援をしたのは、西山のふもとの藁小屋に草焼きの火がうつったときのことで、事件はたいそう簡単でした。しかし、こんどの事件は、これはなかなかむずかしいのです。いったい、どうして捜索をはじめたらいいでしょう。

すると、富鉄さんという、大きい鼻のお爺さんが、いいことをおもい出してくれました。

それは今から四十年くらいまえ、村の一文商いやが、坂谷まで油菓子の仕入れにいったかえり、ろっかん山の狐にばかされて、迷子になったという事件でありました。そのとき、村の人々は、鉦や太鼓をならして、山や谷を探してあるき、ついに、泉谷の泉の中で、ももひきを頭にかむって、がつがつふるえながら、「これはええ湯じゃ、ええかげんじゃ」といっている一文商いやを見つけ出すことができたのでありました。

富鉄爺さんはこの話をよく知っていて、こまかく説明しましたが、それもそのはずで、狐にばかされたのは自分のことだったのです。

富鉄さんの話をきいて見れば、狐にばかされるということも、ありそうに思えました。ろっかん山では、いまでもよく、狐のちらりと走りすぎるのが見られますし、村の中でだって、寒い冬の夜ふけには、むじなの声がきけるのですから。また、たとい狐やむじなにばかされないにしても、酔っている人間というものは、ばかされている人間とあまり違わないというわけです。

そこでみんなは、鳴物を持って来ました。鉦はお寺で借りて来ました。お葬式の出る時刻を、しらせてまわるときに叩く、あの鉦です。太鼓は、夜番が「火の用心」といってはドンと叩く、あのねぼけたような音の太鼓です。もと吉野山参りの先達をなんべんもやった亀菊さんは、ひさしぶりに鳴らしてやろうというので、宝蔵倉から法螺貝をとり出して来ました。しかし一吹き吹いて見て、驚いたことにもうその法螺貝は、しゅうしゅうという音をたてるばかりで、鳴りませんでした。「こりゃ、ひびがはいっただかや」と亀菊さんはいいましたが、息子の亀徳さんが吹いたら、その法螺貝はよい音で鳴ったのです。そこで亀菊さんは、自分が年をとったことがよくわかりました。そして、年をとることは、あほらしいことである、と思ったのでありました。

青年団のラッパ手、林平さんは、月のひかりでもぴかぴか光るよいラッパを持って来ました。こいつなら三里ぐらいは聞えるだろう、と林平さんは心のなかで得意でした。

そして男たちは、手に手にちょうちんをもって、山にはいっていきました。鉦や太鼓は叩かれ、法螺貝も吹かれました。林平さんはラッパをどんな節で吹こうかと迷いました。起床の合図や、行進のトテチテタアや、突貫の「でてくるてきはアみなみなころせエ」などいろいろやって見ましたが、狐にばかされた人間と牛を探すのには、こういう節はどれもぴったりしないような気がしましたので、しまいには、ただ「プウーッ、プウーッ」と節なしで吹きました。すると、けなすことの好きな亀菊さんが「まるで象のおならみてえだ」といいましたので林平さんは気を悪くしました。そんなことをいっても、亀菊さんは、じっさいに象のおならをきいたことなど、ありはしなかったのです。

みんなはあちらこちらと探しまわりましたが、おなじ谷になんども下りたり、おなじ藪になんどもはいったり、おなじ池をなんどもめぐったりしました。これではまるで、自分たちが狐にばかされているみたいだ、などと思いながら、みんなは十ぺんめにまたおなじ池をぐるりとまわりました。

もうだいぶんくたびれていて、法螺貝やラッパはもう鳴りませんでした。ときどきねぼけたような音で太鼓が鳴るだけでした。さてこんなにして探しましたが、和太郎さんと牛は見つからなかったのです。それどころか、みんなのうちで、二人の人がどこかへはぐれていってしまったことがわかりました。いやはやです。これではいつまで探していてもむだなばかりか、かえって損というものです。

もう、池の面が、にぶくひかっていました。その時、池の向こうの藪で、年とった鶯がしずかになきましたので、みんなは、やれやれ朝になったかと思いました。そこで村に帰りました。

六

村の人たちは夜っぴてねなかったうえに、山の中を歩きまわったので、たいへんくたびれて村にかえって来ました。そしてひとまず駐在所の前に来たのですが、もう立っているのがものういので、道ばたの草をしいて、みな坐ってしまいました。

すると西の方の学校の裏道を、牛車がいちだいやって来ました。もう仕事にいくのかと、みんなはぼんやりした眼で見ていました。

牛車が駐在所の前を通るとき、乗っていた男が、

「おい、お前ら、朝早いのう。きょうは道ぶしんでもするかえ」

といいました。

見たことのある男だと思って、みんながよく見ると、それが和太郎さんだったのです。

「何だやい。おれたちア、お前を探して夜中、山ん中を歩いておっただぞイ」

と亀菊さんがいいました。

「ほうかイ。そいつアごくろうだったのオ」

といって、和太郎さんは牛車から下りもせずに、家の方へいってしまいました。

何のことか！　と村人たちはあいた口がふさがりませんでした。こんなことなら、大騒ぎして山の中を探しまわるなど、しなくてもよかったのです。

これは、和太郎さんをみんなで、叱りつけてやらねばならないと、年より連中はいいました。それでないと癖になるから、というのでした。そこでみんなは眠い眼をこすりながら、和太郎さんの家につめかけていきました。

和太郎さんは庭で、よぼよぼ牛をくびきからはずして、たらいに水を汲んで飲ませていました。

「やい、和太」と村で利口もんの次郎左エ門さんがいいかけました。「おぬしは、村中のもんにえらい迷惑かけたが知っとるかや。おれたち、村のもんは、ゆうべひとねむりもせんで、山から谷から畑から野までかけずりまわって、おぬしを探したのだが、おぬしはそれに対してだまっておってええだかや」

これでは次郎左エ門さんも、捜索隊にはいっていたように聞えますが、ほんとうはついさっきまで、家で寝ていたのです。

和太郎さんは、次郎左エ門さんの言葉をきくと、びっくりしました。たいそう村の人たちにすまないと思いましたので、「そいつア、すまなかったのオ」を十三べんもいって、そのたびに頭をかいたり、背中をかいたりしました。そして牛も自分も酔ってしまったので、こんなことになってしまった、と説明しました。

村の人たちはいい人ばかりなので、じきに、はらが、おさまりました。そこでこんどはいろいろ和太郎さんにききはじめました。

「和太さん、それで、いままでどこをうろついていただイ」

と亀徳さんがききました。

和太郎さんは首をかしげて、

「どこだか、はっきりしねえだ、右へかたむいたり、左へかたむいたり、高いところにのぼったり、低いところに下りたりしたことをおぼえているだけでのオ」

と答えました。

「それで、無燈で歩いとったのか」

とお巡査さんの芝田さんはききました。

「無燈じゃごぜえません。ここに小田原提燈がつけてありますに、ごらんくだせエ」

といって和太郎さんは牛車の下へ頭をつっこみました。

ところが小田原提燈は、上半分しか残っていませんでした。どうやら、水で濡れたため、紙がやぶれて、コイルのようにまいてあった骨がだらりとのび、それが途中で何かにひっかかってちぎれてしまったらしいのです。

「水にぬれたのでこんなになっちめえました」

と和太郎さんは、ちぎれて半分の小田原提燈をはずして見せました。

「そういえば、牛車も牛も、和太郎さんの着物も、ぐっしょりぬれているが、こりゃ夜つゆにしてはひどすぎるようだ」

と誰かがいいました。

「ひょっとすると、どこかの池の中でも通って来たのじゃねえか」

と亀徳さんがいいました。

「まさか、そ、そんなことはありません」

と和太郎さんは、お母さんがそばにいるので、あわててうち消しました。お母さんに心配させたくなかったからです。

しかし、和太郎さんがいくらうち消してもむだでありました。というのは、和太郎さんのふところから、大きな鮒とげんごろ虫と亀の子が出て来たからであります。こういうものは池にしかいないものです。して見ると和太郎さんの牛車はどこかの池の中を通って来たのです。

「この黄色い花は何だろう」

とまた、誰かがいいました。見ると、よぼよぼ牛の前あしのつめの割れめに、黄色い花が一房はさまっておりました。

「れんぎょうの花ともちがうようだ。この辺じゃいっこう見ねえ花だなア」

とひとりがいいました。

「そりゃ、えにしだの花だ。えにしだはこの辺にゃめったにない。まアず、南の方へ四里ばかりいくと、ろっかん山のてっぺんにこのえにしだの群がって咲くところがあるげな。そして、ろっかん山の狐は月のいい晩なんかそのかげで、胡弓をひくまねなんかしとるげなが」

と植木職人の安さんがいいました。

和太郎さんはしかたがないので、

「面目ないけンが、どうやら、そこへも行ったらしいて。ばかにりっぱな座敷があってのう、それが、畳もふすまも天井も、みな黄色かったてや。そういえば、耳のぴんと立った太夫が一人ござって、胡弓を上手にひいてきかしてくれたてや。じゃあれが狐だったのかイ」

「それにしても、どうして、あんな急な山のてっぺんへ、牛車がのぼったもんだろう」

と村人は不思議がりました。

「何しろ申しわけねエだな、牛もおれも酔っておったで」

と和太郎さんはあやまるのでした。

さておしまいに、村人たちにも和太郎さんにも、どうしてもわけのわからぬことがひとつあったのです。

それは、牛車の上にひとつの小さな籠がのっていて、その中に、花束とまるまる太った男の赤ん坊がはいっていたことです。

どこでどうして、この籠をのせられたのか、和太郎さんはいくらおもい出してみようとしても、むだ骨折でありました。てんでおぼえがなかったのです。

「天から授かったのじゃあるめえか」と亀徳さんがいいました。「和太さんが、ひごろから、子供がほしい、女房はいらんが、といっていたのを天でおききとどけになって、授けてくれたのじゃねえか」

和太郎さんは、亀徳さんがいいことを言ってくれたので、うれしそうな顔をしました。

しかし次郎左エ門さんは、

「そんな、理窟にあわぬ話が、今どきあるもんじゃねえ。子供には両親がなけりゃならん」

といいました。

また芝田さんはひげをいじりながら、

「捨子じゃろう。いっぺんあとから駐在所へつれて来い。調査書を書いて本署にとどけるから」

といいました。

その後和太郎さんは、赤ん坊の親たちがあらわれるのを待っていましたが、ついにそんな人は現れませんでした。

そこでその子には和助という名をつけて自分の子にしました。そしていっぱい機嫌のときにはいつでも、

「おらが和助は、天からの授かりものだ。おれと牛がよっぱらった晩に、天から授けてくださったのだ」

といいました。すると利口もんの次郎左エ門さんは、

「そんな理窟にあわん話がいまどきあるもんか。子供にゃ両親がなきゃならん。酔って歩いているうちに天から子供を授かるようなことなら、世の中に法律はいらないことになる」

とむずかしい理窟をいいました。

けれど和太郎さんは負けていないでこういうのでした。

「世の中は理窟どおりにゃいかねえよ。いろいろ不思議なことがあるもんさ」

さて、この天から授かった子供の和助君は、それからだんだん大きくなり、小学校では私と同級で、和助君はいつも級長、私はいつもびりの方でしたが、小学校がすむと和助君は和太郎さんのあとをついで立派な牛飼になりました。そして、大東亜戦争がはじまるとまもなく応召して、今ではジャワ島、あるいはセレベス島に働いていることと思います。和太郎さんは、だいぶんお爺さんになりましたが、まだ元気です。お母さんとよぼよぼ牛は一昨年(おととし)なくなりました。

詩

朝は

朝は影が長いので
少女の頭が
私の足元にとゞく
朝風はやさしいので
髪の一房が
私の足元でうごく
――好きな少女の朝の影
私はその影をふまないで
朝露の真珠にふちどらせ
ぢつと見てゐる

貝殻

かなしきときは
貝殻鳴らそ。
二つ合わせて息吹きをこめて。
静かに鳴らそ、
貝がらを。

誰もその音を
きかずとも、
風にかなしく消ゆるとも、
せめてじぶんを
あたためん。

静かに鳴らそ
貝殻を。

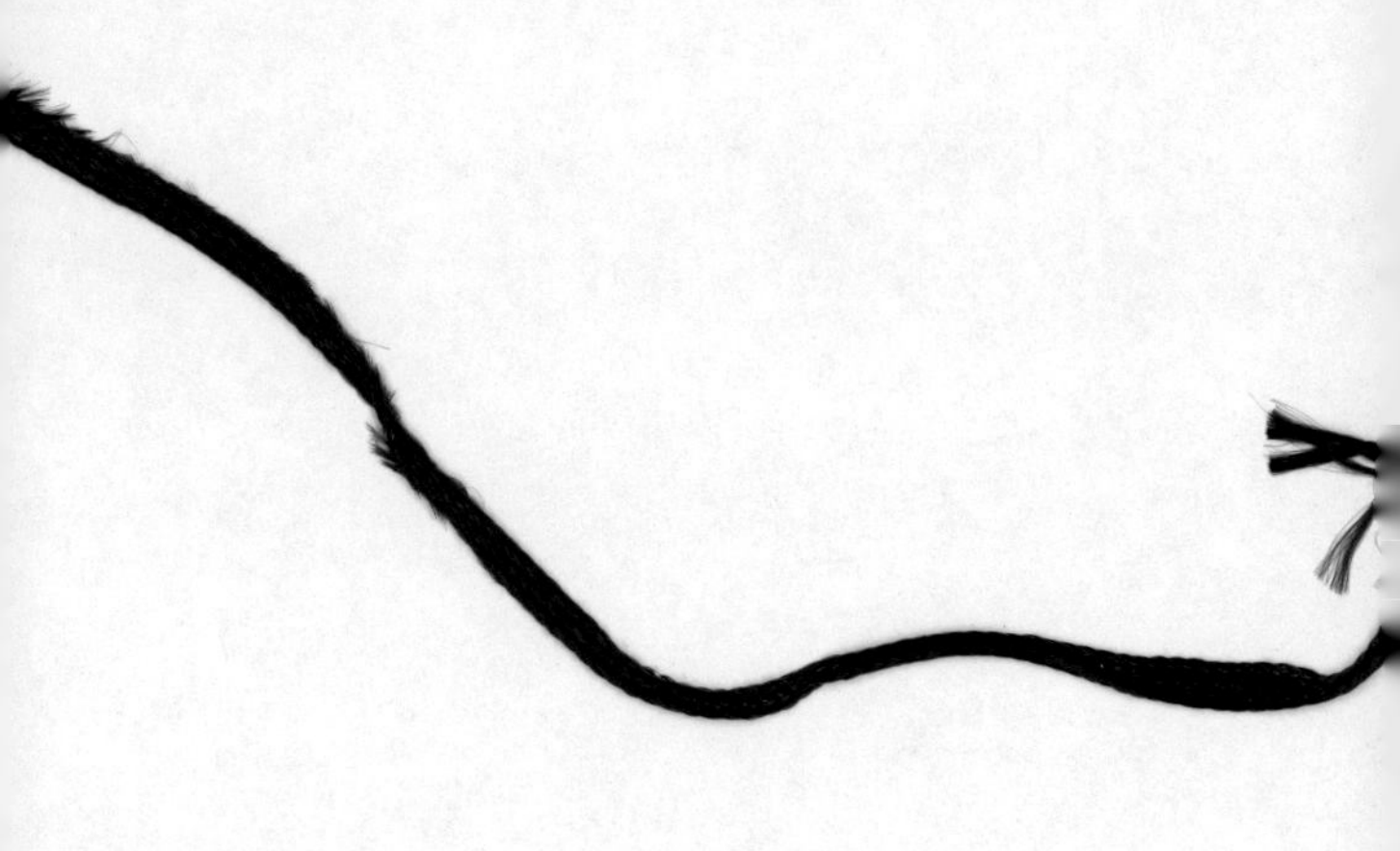

梨

小川の底を梨が
ころがつて来た
吉沢梨園からか
もつと川上の今村あたりの
梨畑からか
＊螟虫（ずいむし）駆除につかれて
小さいどんどんのそばに
かがんでいると
冷たい水の底を
丸いのがころがつて来た
ころころところがつて

海の方へ行つてしまつた
海までは遠いから
途中で月夜になつてしまふだらう
月夜になれば草に虫が鳴き、
秋草に露が光るだらう
どこかの村には
祭も近くて笛太鼓が
鳴つてるだらう
梨は一ひら一ひらの雲の下を
水底にうつる影とともに
ころころところがつて
行くだらう

*螟虫　稲などの茎を食い荒らす害虫

最後の胡弓(こきゅう)弾き

一

　旧の正月が近くなると、竹藪(たけやぶ)の多いこの小さな村で、毎晩鼓(つづみ)の音と胡弓のすすりなくような声が聞えた。百姓の中で鼓と胡弓のうまい者が稽古(けいこ)をするのであった。

　そしていよいよ旧正月がやって来ると、その人たちは二人ずつ組になり、一人は鼓を、も一人は胡弓を持って旅に出ていった。上手な人たちは東京や大阪までいって一月(ひとつき)も帰らなかった。また信州の寒い山国へ出かけるものもあった。あまり上手でない人や、遠くへいけない人は村からあまり遠くない町へいった。それでも三里はあった。

　町の門(かど)ごとに立って胡弓弾きがひく胡弓にあわせ、鼓を持った太夫(たゆう)さんがぽんぽんと鼓を掌(て)のひらで打ちながら、声はりあげて歌うのである。それは何を謡(うた)っているのやら、わけのわからないような歌で、おしまいに「や、お芽出(めで)とう」といって謡いおさめた。すると大抵の家では一銭銅貨をさし出してくれた。それをうけとるのは胡弓弾きの役目だったので、胡弓弾きがお銭を頂いているあいだだけ胡弓の声はとぎれるのであった。たまには二銭の大きい銅貨をくれる家もあった。そんなときにはいつもより長く歌を謡うのである。

ことし十二になった木之助は小さい時から胡弓の音が好きであった。あのおどけたような、また悲しいような声をきくと木之助は何ともいえないうっとりした気持ちになるのであった。それで早くから胡弓を覚えたいと思っていたが、父が許してくれなかった。それが今年は十二になったというので許しが出たのであった。木之助はそこで、毎晩胡弓の上手な牛飼の家へ習いに通った。まだ電燈がない頃なので、牛飼の小さい家には煤で黒い天井から洋燈が吊り下り、その下で木之助は好きな胡弓を牛飼について弾いた。

旧正月がついにやって来た。木之助は従兄の松次郎と組になって村をでかけた。松次郎は太夫さんなので、背中に旭日と鶴の絵が大きく画いてある黒い着物をき、小倉の袴をはき、烏帽子をかむり、手に鼓を持っていた。木之助はよそ行きの晴衣にやはり袴をはき、腰に握り飯の包みをぶらさげ、胡弓を持っていた。松次郎はもう二度ばかり門附けに行ったことがあるので、一向平気だったが、始めての木之助は恥しいような、誇らしいような、心配なような、妙な気持だった。殊に村を出るまでは、顔を知った人たちにあうたびに、顔がぽっと赧くなって、いっそ大きい風呂敷にでも胡弓を包んで来ればよかったと思った。それは父親が大奮発で買ってくれた上等の胡弓だった。

二人が村を出て峠道にさしかかると、うしろから、がらがらと音がして町へ通ってゆく馬車がやって来た。それを見ると松次郎はしめしめ、といった。あいつに乗ってゆこう、といった。

木之助はお銭を持っていなかったので、

「おれ、一銭もないもん」というと、

「馬鹿だな、ただ乗りするんだ」と言った。

馬車は輪鉄の音をやかましくあたりに響かせながら近附いて来た。いつもの、聾の爺さんが馭者台にのっていた。それは木之助の村から五里ばかり西の海ばたの町から、木之助の村を通って東の町へ、一日に二度ずつ通う馬車であった。木之助と松次郎は道のぐろにのいて馬車をやりすごした。

馬車のうしろには、乗客が乗り下りするとき足を掛ける小さい板がついていた。松次郎はそれにうまく跳びついて、うしろ向きに腰をかけた。木之助の場所はもうなかったので木之助は馬車について走らなければならなかった。胡弓を持っているし、坂道なので木之助はふうふう言いながら走ったが、沢山走る必要はなかった。

馬車は半町もいかないうちにぴたととまってしまった。松次郎は慌てて跳びおりた。ほっぽこ頭巾から眼だけ出した馭者の爺さんが鞭を持って下りて来た。

「おれ、知らんげや、知らんげや」と松次郎は頭をかかえてわめいた。しかし爺さんは金聾だったので何も聞えなかった。ただ長年の経験で、子供一人でもうしろの板にのるとそれが直体に重く感ぜられるので解ったのであった。「この馬鹿めが」といって、鞭の柄の方でこつんと軽く松次郎の耳の上を叩いた。そしてまた馭者台に乗ると馬車を走らせていってしまった。

松次郎は馬車のうしろに向って、ペラリと舌を出すと、

「糞爺いの金聾」と節をつけていって、ぽんぽんと鼓をたたいた。そして木之助と一しょに笑い出した。

二人が三里の道を歩いて町にはいったのは午前十時頃だった。

二

町の入口の餅屋の門から始めて、一軒一軒のき伝いに、二人は胡弓をならし、歌を

謡っていった。

一番始めの餅屋では、木之助はへまをしてしまった。胡弓弾きはいきなり胡弓を鳴らしながら賑（にぎ）やかに閾（しきい）をまたいではいってゆかねばならないのだが、木之助は知らずに、

「ごめんやす」と言ってはいっていった。餅屋の婆（ばあ）さんは、それで木之助を餅を買いに来たお客さんと間違えて、

「へえ、おいでやす、何を差しあげますかなも」と答えたのである。木之助は戸惑いして、もぞもぞしていると、場なれた松次郎が、びっくりするほど大きな声で、明けましてお芽出とうといいながら、鼓をぽぽんと二つ続け様にうってその場をとり繕ってくれた。その婆さんは銭箱から一銭銅貨を出してくれた。木之助は胡弓を鳴らすのをやめて、それを受け取り袂（たもと）へ入れた。

表に出ると松次郎が木之助のことを笑って言った。

「馬鹿だなあ。黙ってはいってきゃええだ」

それからは木之助はうまくやることが出来た。大抵の家では一銭くれた。五厘（りん）をくれる人もあった。中には、青く銹（さ）びた穴あき銭を惜しそうにくれる人もあった。二銭銅貨をうけとったときには木之助は、それが馬鹿に重いような気がした。しっかりと

掌に握っていて外に出るとそーっと開いて松次郎に見せた。二人は顔を見合わせほほえんだ。

もうお午を少しすぎた。木之助の袂はずしんずしんと横腹にぶつかるほど重くなった。草鞋ばきの足にはうっすら白い砂埃もつもった。朝から大分の道のりを歩いたので腹が空いていたが、弁当を使う場所がなかなか見つからなかった。もう少しゆくと空地があったから行こうと松次郎が言うので、ついて行って見るとそこには木の香も新しい立派な家が立っていたりした。

腹がへっては勝はとれぬから、もう仕方がない、横丁にでもはいって家のかげで食べようと話をきめたとき、二人は大きい門構えの家の前を通りかかった。そこには立派な門松が立ててあり、門の片方の柱には、味噌溜と大きく書かれた木の札がかかっていた。黒い板塀で囲まれた屋敷は広くて、倉のようなものが三つもあった。

「あ、ここだ、ここは去年五銭くれたぞ」と松次郎がいった。で二人は、そこをもう一軒すましてから弁当をとることにした。

木之助が先になってはいってゆくと、

「う、う、う……」と低く唸る声がした。木之助はぎくりとした。犬が大嫌いだったのだ。

「松つあん、さきいってくれや」と松次郎に嘆願すると、

「胡弓がさきにはいってかにゃ、出来んじゃねえか」と答えた。松次郎も怖かったのに違いない。

木之助は虎の尾でもふむように、びくびくしながら玄関の方へ近づいてゆくと、足はまた自然にとまってしまった。大きな赤犬が、入口の用水桶の下にうずくまってこちらを見ているのだった。

「松つあん、さき行ってや」と木之助は泣きそうになっていった。

「馬鹿、胡弓がさき行くじゃねえか」と松次郎は吐き出すようにいったが、松次郎の眼も恐ろしそうに犬の方を見ていた。

二人は戻って行こうかと思った。しかし五銭のことを思うと残念だった。そこで木之助が勇気を出して、一足ふみ出して見た。すると犬は、右にねていたしっぽを左へ、こてんとかえした。また木之助は動けなくなってしまった。

五銭は欲しかったし、犬は恐ろしかったので、二人は進退に困っていると、うしろから誰かがやって来た。この家の下男のような人で法被をきていた。木之助たちを見ると、

「小さい門附けが来たな、どうしただ、犬が恐げえのか」といって人が好さそうに笑

った。犬はその人を見るとむくりと体を起して、尾を三つばかり振った。その男の人は犬の頭をなでながら、

「よしよし、トラ、おうよしよし」と犬にいい、それから木之助たちの方に向いて、

「この犬はおとなしいから大丈夫だ。遠慮せんではいれ、はいれ」とすすめた。

「おっつあん、しっかり摑んどってな」と松次郎が頼んだ。

「おう、よし」と小父さんは答えた。

トラ——恐ろしい名だな、おとなしい犬だと小父さんはいったが嘘だろう、と木之助は思いながら立派な広い入口をはいった。

正面に衝立が立っていて、その前に三宝が置いてある、古めかしいきれいな広い玄関だった。胡弓や鼓の音がよく響き、奥へ吸いこまれてゆくようで自分ながら気持がよかった。

この家の主人らしい、頭に白髪のまじったやさしそうな男の人が衝立の蔭から出て来て、木之助と松次郎を見ると、にこにこと笑いながら、

「ほっ、二人とも子供だな」といった。

三

木之助は、子供だから五銭もやる必要がないなどと思われてはいけないと、一層心をこめて胡弓を弾いた。

一曲終ったとき主人は、

「ちょっと休めよ」といった。変に馴れなれしい感じのする人だ。松次郎は去年も来て知っていたが木之助は始めてなので妙な気がした。ちょっと休めよなどと友達にでもいうように心安くいってくれたのはこの人だけである。木之助はぼけんとつったっていた。五銭はくれないのか知らん。胡弓が下手いのかな。

「こっちの子供は去年も来たような気がするが、こっちの（と木之助を見て）小さい方は今年はじめてだな」

木之助は小さく見られるのが癪だったので解らないようにちょっと背伸びした。

「お前たちは何処から来たんだ」

松次郎が自分たちの村の名を言った。

「そうか、今朝たって来たのか」

「ああ」

「昼飯、たべたか」

「まだだ」と松次郎が一人で喋舌った。「弁当持っとるけんど、食べるとこがねえもん」

「じゃ、ここで食べていけよ、うまいものをやるから」

松次郎はもぞもぞした。五銭はいつくれるのか知らんと木之助は思った。

二人がまだどっちとも決めずにいるうちに、主人は一人できめてしまって、じゃちょっと待っておれよ、といって奥へ姿を消した。

やがて奥から、色の白い、眼の細い、意地の悪そうな女中が、手に大きい皿を持って出て来たが、その時もまだ二人は、どうしたものかと思案にくれて土間につったっていた。

女中はつんとしたように皿を式台の上に置くと、

「おたべよ」と突慳貪にいって、少し身を退き、立ったまま流しめに二人の方を見おろしていた。皿の中にはうまそうな昆布巻や、たつくりや、まだ何かが一ぱいあった。

「よばれていこうよ」と松次郎がいった。木之助もたべたくなったのでうんと答えて胡弓を弓と一しょにして式台の隅の方へそっと置くと、女中は胡弓をじろりと見た。

松次郎と木之助は、はやく女中がひっこんでくれないかなと思いながら、式台に腰をおろして腰の風呂敷包をほどいた。中から竹皮に包まれた握り飯があらわれた。女中はそれも横目でじろりと見た。

食べにかかると握り飯も御馳走もすばらしく美味いので、女中のことなどそっちのけにしてむしゃむしゃ頬張った。女中はじっとそれを見ていたが、もう怺えられなくなったと見えて、

「まあ汚い足」といった。松次郎と木之助は食べながら自分の足を見ると、ほんとに女中のいった通りだった。紺足袋の上に草鞋を穿いていたが、砂埃で真白だった。二人は仕方ないので黙々と御馳走を手でつまんではたべた。

「まあ、乞食みたい」。しばらくするとまた女中が刺すような声でいった。指の間にくっついた飯粒を舌の先でとりながら、木之助が松次郎を見ると、いかにも女中がいった通り松次郎は乞食の子のようにうすぎたなく見えた。松次郎もまた、木之助を見てそう思った。

「まあ、よく食べるわ、豚みたい」。木之助が五つ目の握飯をたべようとして口をあいたとき女中がまたいった。木之助は、ほんとにそうだと思って、ぱくりと喰いついた。

「耳の中に垢なんかためて」。しばらくするとまた女中がいった。木之助は松次郎の耳の中を見ると、果して汚く垢がたまっていた。松次郎の方でも木之助の耳の中にたまっている垢をみとめた。

やがて衝立の向うに、とんとんという足音が聞えて来ると、女中はついと身を翻して何処かへ行ってしまい、代りにさっきの優しい主人があらわれた。

「どうだうまいか」といって、主人はそこにかがんだ。松次郎が胸に閊えたので拳でたたいていると、おやあいつ、お茶を持って来なかったんだな、いいつけといたのに、と呟いた。そのとき今の女中がお茶を持って来て、すました顔でそこへ置くとまたひっこんで行った。

「大きな握飯だな、いくつ持って来たんだ」と主人は一つ残った木之助のおむすびを見ていった。六つと木之助は答えた。この半白の頭をした男の人は、さっきより一層親くなったように木之助には感じられた。

木之助たちが喰べ終って、「ご馳走さん」と頭をさげると、主人はなおも、いろんなことを二人に話しかけ、訊ねた。これから行く先だとか、家の職業だとか、大きくなったら何になるのだとか。木之助の胡弓は大層うまいとほめてくれた。木之助はうれしかった。「こんど来るときはもっと仰山弾けるようにして来て、いろんな曲をきかしてくれや」といったので木之助は「ああ」といった。すると主人は袂の底をがさごそと探していて紙の撚ったのを二つ取り出し、一つずつ二人にくれた。

二人は門の外に出るとすぐ紙を開いて見た。十銭玉が一つずつあらわれた。

四

木之助は、来る正月来る正月に胡弓をひきに町へいった。行けば必ずあの「味噌溜」と大きな板の看板のさがっている門をくぐった。主人はいつも変らず木之助を歓迎してくれ、御馳走をしてくれた。

木之助は胡弓がしんから好きだったので、だんだんうまくなっていった。始めは牛飼から曲を教わったが、牛飼の知っている五つの曲はじき覚えてしまい、しかも木之助の方が上手にひけるようになった。するともう牛飼の家に習いにゆくのはやめて、別な曲を知っている人のところへ覚えにいった。隣の村、二つ三つ向うの村にでも、胡弓のうまい人があるということをきくと、昼間の仕事を早くしまって、その村まで出かけてゆき、熱心に頼んで新しい曲を覚えて来た。やがて木之助にも妻が出来、子供も出来たが、夜、木之助の弾きならす胡弓の音が邪魔になって子供が寝つかないというときには、村の南の松林にはいっていって、明るい月の光で弾いた。そののんび、りした音色は、何事かを一生懸命に物語っているように村人たちには聞えたのである。

だが歳月は流れた。或る年の旧正月が来たとき、こんども松次郎と一しょに門附けにいこうと思った木之助が、前の晩松次郎の家にゆくと風呂にはいっていた松次郎はこういった。「もうこの頃じゃ、門附けは流行らんでな。ことしあもう止めよかと思うだ。五、六年前まであ、東京へ行った連中も旅費の外に小金を残して戻って来たが、去年あたりは、何だというじゃないか、旅費が出なかったてよ」

「でも折角覚えた芸だで腐らせることもないよ、松つあん」と木之助は励ますようにいった。「東京は別だよ、場所（都会）の人間はあかんさ」

「だが、俺たちも一昨年、去年は駄目だったじゃねえか。一日、足を棒にして歩いても一両なかっただもんな。乞食でも知れてるよ」

なおも木之助がすすめると、風呂の下を焚いていた松次郎のお内儀さんがいった。

「木之さん、あんたは大人しいから、たとい五十銭でも貰えば貰っただけ家へ持って来るからええけど、うちの人は呑ん兵衛で、貰ったのはみんな飲んでしまい、まだ足らんで、持っていった銭まで遣ってくるから困るよ。それで今年はもう止めておくれやとわたしから頼んでいるだよ」

一昨年の正月も去年の正月も、一日門附けしたあとで松次郎が、酒のきらいな木之助を居酒屋へつれこみ、自分一人で飲んで、ついにはぐでんぐでんに酔ってしまい、三里の夜道を木之助が抱くようにして帰って来たのを木之助は思い出した。

「一人じゃ行けんしなあ」と木之助が思案しながらいうと、松次郎が風呂から出て、

「うん。俺も子供の時分から旧正月といえば、門附けにいっとったで、今更やめたかないが、女房めがああいうし、実は、こないだ子供めが火箸で鼓を叩いているうち破ってしまっただよ。行くとなりゃ、あれも張りかえなきゃならぬしな」といった。

木之助は仕方がないので一人でゆくことにきめた。自分の身についた芸を、松次郎のように生かそうとしないことは木之助には解らなかった。何故そんなことが平気で出来るのか考えて見ても解らなかった。いかにも年々門附けはすたれて来ている。しかし木之助の奏でる胡弓を、松次郎のたたく鼓を、その合奏を愛している人々が全部なくなったわけではないのだ。尠くとも（と木之助はあの金持の味噌屋の主人のことを思った）、あの人は胡弓の音がどんなものかを知っている。

翌朝木之助は早朝に起き、使いなれた胡弓を持って家を出た。道や枯草、藁積などには白く霜が降り、金色にさしてくる太陽の光が、よい一日を約束していたが、二十年も正月といえば欠かさず一緒に出かけた松次郎が、もういてはいないことは一抹の寂しさを木之助の心に曳いた。

「木之さん、今年も出かけるかな」。木之助が家の前の坂道をのぼって、広い県道に出たとき、村人の一人がそういって擦れちがった。

「ああ、ちょっと行って来ますだ」と木之助が答えると、

「由さあも、熊さあも、金さあも、鹿あんも今年はもう行かねえそうだ。力やんと加平が、行こか行くまいかと大分迷っとったがとにかく一ぺん行って見ようといっとったよ」

そういって村人は遠ざかっていった。

五

村を出はずれて峠道にさしかかるといつものように背後からがらがらと音がして町へ通ってゆく馬車が駈て来た。木之助は道のはたへ寄って馬車をやりすごそうと思った。馬車が前を通るとき馭者台の上を見ると、木之助は、おやと意外に感じた。そこに乗っているのは長年見馴れたあの金聾の爺さんではなく、頭を時分けにした若い男であった。金聾の爺さんの息子に違いない。顔つきがそっくり爺さんに似ていた。それにしてもあの爺さんはどうしたんだろう、あまり年とったので隠居したのだろうか。あるいは死んだのかも知れない。いずれにしても木之助は時の移りをしみじみ感じな

ければならなかった。

しかしその年はまだ全然実入りがなかったのではなかった。金持ちの味噌屋はたのしみに最後に残しておいて、他の家々を午前中廻った。お午までに——木之助は何軒の家がお礼をくれたかはっきり覚えていた——十軒だった。そしてお礼のお銭は合計で十三銭だった。最後に味噌屋にゆくと、あの頃からはずっと年とって、今はいい老人になった御主人が、喘息で咳き入りながら玄関に出て来て、松次郎がいないのを見ると、おや、今日はお前一人か、じゃまあ上にあがってゆっくりしてゆけと親切にいってくれた。木之助は始め辞退したが、あまり勧められるので立派な座敷にあがり、そこで所望されるままに、五つ六つの曲を弾いた。主人はほんとうに懐しいように、うむうむとうなずきながら胡弓に耳を傾けていたが、時々苦しそうな咳が続いて、胡弓の声の邪魔をした。いつものように御馳走になった上多ぶんのお礼を頂いて表に出ると、まだ日はかなり高かったがもう木之助には他をまわる気が起らなかった。味噌屋の主人にさえ聴いてもらえばそれで木之助はもう満足だったのである。

それからまた数年たって門附けは益々流行らなくなった。五、六年前までは、遠い越後の山の中から来るという、角兵衛獅子の姿も、麦の芽が一寸位になった頃、ちらほら見られたけれど、もうこの頃では一人も来ない。木之助の村の胡弓弾きや鼓うちたちも、一人やめ二人やめして、旧正月が近づいたといっても以前のように胡弓のすすりなくような声は聞えず、ぱんぱんと寒い空気の中を村の外までひびく鼓の音も聞えなかった。これだけ世の中が開けて来たのだと人々はいう。人間が悧口になったので、胡弓や鼓などの、間のびのした馬鹿らしい歌には耳を藉さなくなったのだと人々はいう。もしそうなら、世の中が開けるということはどういうつまらぬことだろう、と木之助は思ったのである。

木之助の家では八十八歳まで生きた木之助の父親が、冬中ねていたが、恰度旧の正月の朝、朝日がうらうらとお宮の森の一番高い檜の梢を照し出すころ、恰度天から与えられた生命を終って枯れる木のように、静かに死んでいった。そのために、数十年来一度も欠かさなかった胡弓の門附けを、この正月ばかりはやめなければならなかった。その翌年は、これはまた木之助自身が感冒を患ってうごくことが出来なかった。味噌屋の御主人が、もう俺が来るずらと思って待ってござるじゃろうに、と仰向に寝ている木之助は、枕元に坐って看病している大きい娘にそう言っては、壁にかかっている胡弓の方を見たのである。

木之助の病気は癒った。が以前のような曇りのない健康は帰って来なかった。以前は持つことの出来た米俵がもう木之助の腕ではあがって来なかった。また子供のときから耕していた田圃の一畝が、以前よりずっと長くなったように感ぜられ、何度も腰をのばし、あおっている心臓のしずまるのを待たねばならなかった。冬がやって来たとき、死んだ父親を苦しめていたあの喘息が木之助にもおとずれて来た。寒い夜は遅くまで咳がとまらなかった。

しかし今年の正月にはどうあっても胡弓弾きにゆくと、一月も前から木之助は気張っていた。味噌屋の御主人にすまんからといった。そして体の調子のよい折を見ては、夜、妻と三番目の娘が、嫁入りの仕度に着物を縫っている傍で胡弓を奏でた。昼間、藁部屋の陽南で猫といっしょに陽にぬくとまりながら、鳴らしているときは、木之さんも年を喰ったと村人が見て通った。

正月の前の晩はひどい寒気だった。その日は朝から雪が降りづめで、夜になって漸くやんだ。夜はまた木之助の咽喉がむずがゆくなり咳が出て来た。裏の竹藪で、竹から雪がどさっどさっと落ちる音が、木之助の咳にまじった。咳の長いつづきがやむと娘が、

「お父つあん、そんなふうで明日門附けにゆけるもんかい」といった。もう昼間から何度も繰り返している言葉である。

「行けんじゃい！」と木之助は癇癪を起して呶鳴るようにいった。「おツタのいう通

りだ」と女房もいった。

六

「無理して行って来て、また寝こむようなことになると、僅かな銭金にゃ代らないよ」。そして女房は、去年木之助が感冒を患ったとき、町から三度自動車で往診に来たお医者に、鶏ならこれから卵を産もうという一番値のする牝鶏を十羽買えるだけのお銭を払わねばならなかったことをいった。

「明日は、ええ日になるだ」。木之助はあれ以来女房や娘に苦労をかけているのを心の中では済まなく思って、それでも負け惜しみをいった。「雪の明けの日というものは、ぬくといええ日になるもんだよ」

「雪が解けて歩くに難儀だよ」と女房がいった。「そげに難儀して行ったところで、今時、胡弓など本気になって聴いてくれるものはありゃしないだよ」

木之助は、女房のいう通りだと悲しく思った。だが、味噌屋の旦那のことを頭にうかべて、

「まだ耳のある人はあるだ。世間は広いだよ」

と答えた。娘のおツタは待針でついた指の背を口にふくみながら、勝つあんもやめた、

力さんもやめたと、門附けをやめてしまった人々の名をあげてしまいに「いつまでで も芸だの胡弓だのいってるのはお父つあん一人だよ。人が馬鹿だというよ」といった。

「こけでもこけずきでもええだ。聴いてくれる人が一人でもこの娑婆にあるうちは、俺あ胡弓はやめられんよ」

しばらくみんな黙っていた。竹藪でどさっと雪が落ちた。

「お父つあんも気の毒な人だよ」と女房がしんみりいった。

「もうちっと早くうまれて来るとよかっただ、お父つあん。そうすりゃ世間の人はみんな聴いてくれただよ。今じゃラジオちゅうもんがあるから駄目さ」

木之助は話しているうちに段々あきらめていった。本当に女房や娘のいう通りだろう。世間が聴いてくれなくなった胡弓を弾きに雪の道を町まで行くなどはこけの骨頂だろう。それでまた感冒にでもなって、女房たちにこの上の苦労をかけることになったらどんなにつまらないだろう。眠りにつく前、木之助はもう、明日町へゆくことをすっかり諦めていた。

夜が明けて旧正月がやって来たが、木之助にとってはそれは奇妙な正月だった。三十年来正月といえば胡弓を抱えて町へ行った。去年と一昨年はいかなかったが、父親の死と、木之助の病気というものが余儀なくさせたのである。ところがこんどはこれという理由もないのだ。第一今日一日何をしたらいいのだろう。

天気は大層よかった。雪の上にかっと陽がさして眩しかった。電線にとまった雀が、その細い線の上に積っていた雪を落すと、雪はきらきら光る粉になって下の雪に落ちた。外の明るい反射が家の中までさしていた。木之助は胡弓を見ていた。それから柱時計を見た。午前九時十五分前。遠くからカンカンカンと鐘の音が雪の上を明るく聞えて来た。小学校が始まったのだ。

木之助はまた胡弓を持って町へゆきたくなった。こんな風のない空気の清澄な日は、一層よく胡弓が鳴ることを木之助は思うのであった。そうだ、ゆこう。こけでも何でもいいのだ、この娑婆に一人でも俺の胡弓を聴いてくれる人があるうちは、やめられるものか。

女房や娘はいろいろ言って木之助をとめようとしたが駄目だった。木之助の心は石のように固かった。

「それじゃお父つあん、町へいったらついでに学用品屋で由太に王様クレヨンを買って来てやってな。十二色のが欲しいとじっと（いつも）言っているに」と女房はあきらめていった。「そして早う戻って来にゃあかんに。晩になるときっと冷えるで。味噌屋がすんだらもう他所へ寄らんでまっすぐ戻っておいでやな」

女房のいうことは何もかも承知して木之助は出発した。風邪をひかないようにほっぽこ頭巾をすっぽり被り、足にはゴムの長靴を穿いて。何という変てこな恰好の芸人だろう。だが木之助には恰好などはどうでもよかった。久しぶりに胡弓を弾きに出られることが非常なよろこびだったのだ。

正月といっても村から町へゆく者はあまりなかった。道に積った雪の上の足跡でそれがわかる。二人の人間の足跡、自転車の輪のあとが二本、それに自動車の太いタイヤの跡が道の両側についていた。五、六年前から、馬車の代りに走るようになった乗合自動車が朝早く通ったのである。

陽が生き物のように照っていた。道のわきの田んぼに烏が二羽おりているのが、白い雪の上にくっきり浮かんで見えた。静かだなあと思って木之助はとっとと歩いた。

七

町にはいった。

木之助は一軒ずつ軒づたいに門附けをするようなことはやめた。自分の記憶をさぐって見て、いつも彼の胡弓をきいてくれた家だけを拾って行った。それも沢山はなく、味噌屋をいれて僅か五、六軒だったにすぎない。

だがそれらの家々を廻りはじめて四軒目に木之助は深く心の内に失望しなければならなかった。どの家も、申しあわせたように木之助の門附けを辞(ことわ)った。帽子屋では木之助が硝子戸(ガラスど)を三寸ばかり明けたとき、店の火鉢に顎(あご)をのせるようにして坐っていた年寄りの主人が痩(や)せた大きな手を横に振ったので木之助は三寸あけただけでまた硝子戸をしめねばならなかった。また一昨々年まで必ず木之助の門附けを辞らなかった或るしもた家(や)には、木之助があけようとして手をかけた入口の格子(こうし)硝子に「諸芸人、物貰い、押売り、強請(ゆすり)、一切おことわり、警察電話一五〇番」と書いた判紙が貼(は)ってあった。また或る店屋では、木之助が中にはいって、ちょっと胡弓を弾いた瞬間、声の大きい旦那が、今日はごめんだ、と怒鳴りつけるような声で言ったので、木之助はびくっとして手をとめた。胡弓の音もびっくりしたようにとまってしまった。

もうこれ以上他を廻るのは無駄であると木之助は思った。そこで最後のたのしみにとっておいた味噌屋の方へ足を向けた。

門の前に立った時木之助はおやと思った。そこには見馴れた古い「味噌溜」の板看板はなくなり、代りに、まだ新しい杉板に「吉味噌醤油(しょうゆ)製造販売店」と書いたのが掲げられてあった。それだけのことで、木之助にはいつもと様子が変ったような、うとましい気がした。門をくぐってゆくと、あの大きい天水桶はなくなっていた。そして天水桶のあったあたりには、木之助の嫌いな、オート三輪がとめてあった。

「ごめんやす」とほっぽこ頭巾をぬいで木之助は土間にはいった。

奥の方で、誰か来たよといっているのが静けさの中をつつぬけて来た。やがて誰かが立ってこちらへ来る気配がした。木之助はちょっと身繕いした。だが衝立の蔭から、始めて見る若い美しい女の人が出て来て、そこに片手をついてこごんだときはまた面くらった。

「あのう」といって木之助は黙った。言葉がつづかなかった。それから一つ咳をして
「ご隠居は今日はお留守でごぜえますか。毎年ごひいきに預っています胡弓弾きが参りましたと仰有(おっしゃ)って下せえまし」といった。

女の人が引っ込んでいって、低声(こごえ)で何か囁(ささや)きあっているのが、心臓の高鳴りはじめた木之助の神経を刺戟(しげき)した。やがてまた足音がして、こんどは頭をぴかぴかの時分けにし、黒い太い縁の眼鏡をかけた若主人が現われた。

「ああ、また来ましたね」と木之助を見て若主人はいった。「君、知らなかったのかね、親父(おやじ)は昨年の夏なくなったんだよ」

「へっ」といって木之助はしばらく口がふさがらなかった。立っている自分に、寂しさが足元から上って来るのを、しみじみ感じながら。

「そうでごぜえますか、とうとうなくなられましたか」。やっと気を取り直して木之助はそれだけいった。

木之助はすごすごと踵(くびす)をかえした。閾に躓(つまず)いて、も少しで見苦しく這(は)いつくばうところだった。右足の親指を痛めただけで胡弓をぶち折らなかったのはまだしも仕合わせというべきだった。

門を出ると、一人の風呂敷包みを持った五十位の女が、雪駄(せった)の歯につまった雪を、門柱の土台石にぶつけて、はずしていた。木之助を見ると女の人は、おや、と懐しそうにいった。木之助は見て、その人がこの家の女中であることを知った。彼女は三十年前、木之助が始めて松次郎と門附けに来たとき、主人にいいつけられて御馳走のはいった皿を持って来た、あの意地の汚なかった女中である。来る年も来る年も木之助は彼女を味噌屋の家で見た。木之助が少年から大人へ、大人からやがて老人へと成長し年とっていったように、彼女は見る年ごとに成長し年とっていった。二十五位のとき彼女は一度味噌屋から姿を消し、それから五、六年は見えなかったが、再び味噌屋へ戻って来た時は一度に十も年をとったように老(ふ)けて見えた。その時彼女は五つ位になる女の子を一人つれて来た。木之助は御隠居から、彼女の身の上を少しばかりきかされた事があった。彼女は不仕合わせな女で一度嫁いだが夫に死なれたので、女の子をつれてまた味噌屋へ奉公に戻って来たのだそうである。その時以来彼女はずっとこの家から出ていかなかった。若かった頃は意地が悪くて、木之助を見ると白い眼をして見下したが嫁いだ先で苦労をして戻ってからは、人が変ったように大人しくなったのである。

八

「お前さん、しばらく見えなかっただね、一昨年の正月も昨年の正月もなくなられた大旦那が、あれが来ないがどうしたろうと言っておらしたに」

「ああ、去年は大病(おおや)みをやり、一昨年は恰度旧正月の朝親父が死んだもので、どうしても来られなかっただ。御隠居も夏死なしたそうだな。俺あ今きいてびっくりしたところだよ」と木之助はいった。

「そうかね、お前さん知らなかっただね」と年とった女中はいって、それから優しく咎(とが)めるような口調で言葉をついだ。「去年の正月はほんとに大旦那はお前さんのことを言っておらしただに。どうしよったただろう、もう門附けなんかしてもつまらんと思って止(や)めよっただろうか、病気でもしていやがるか、ってそりゃ気にして見えただよ」

木之助は熱いものがこみあげて来るような気がした。「ほうかな、ほうかな」といってきいていた。

年とった女中はそれから、もう一ぺんひっ返して、大旦那の御仏前で供養に胡弓を弾くことをすすめた。「そいでも、若い御主人が嫌うだろ」と木之助がしりごむと、女中は、「なにが。わたしがいるから大丈夫だよ」と言って木之助をひっぱっていった。

女中は木之助を勝手口の方から案内し、ちょっとそこに待たせておいて奥へ姿を消したが、直また出て来て、さあおあがりな、と言った。木之助は長靴をぬいで女中のあとに従って仏間にいった。仏壇は大きい立派なもので、点された蠟燭の光に、よく磨かれた仏具や仏像が金色にぴかぴかと煌いていた。木之助はその前に冷えた膝を揃えて坐ると、焚かれた香がしめっぽく匂った。南無阿弥陀仏と唱えて、心から頭をさげた。深い仏壇の奥の方から大旦那がこちらを見ているような気がしたのである。

「そいじゃ、何か一つ、弾いてあげておくれやな」と背後に坐っていた女中がいった。木之助は今までに仏壇に向って胡弓を弾いたことはなかったので、変なそぐわない気がした。だが思い切って弾き出して見ると、じきそんな気持ちは消えた。いつ弾く時でもそうであるように、木之助はもう胡弓に夢中になってしまった。木之助の前にあるのはもう仏壇というような物ではなかった。耳のある生物だった。それは耳をそばだてて胡弓の声にきき入り、そののんびりしたような、また物哀しいような音色を味わっていた。木之助は一心にひいていた。

門を出ると木之助は、道の向う側からふりかえって見た。再びこの家に訪ねて来ることはあるまい。長い間木之助の毎日の生活の中で、煩わしいことや冗らぬことの多い生活の中で竜宮城のように楽しい想いであったこの家もこれからは普通の家になったのである。もはやこの家には木之助の弾く胡弓の、最後の一人の聴手がいないのである。

木之助はすっぽりほっぽこ頭巾をかむって歩き出した。町の物音や、眼の前を行き交う人々が何だか遠い下の方にあるように思われた。木之助の心だけが、群をはなれた孤独な鳥のように、ずんずん高い天へ舞いのぼって行くように感ぜられた。

ふと木之助は「鉄道省払下げ品、電車中遺留品、古物」と書かれた白い看板に眼をとめた。それは街角の、外から様々な古物の帽子や煙草入れなどが見えている小さい店の前に立っていた。木之助は看板から自分の持っている胡弓に眼をうつした。聴く人のなくなった胡弓など持っていて何になろう。

誰かに逆うように、深くも考えずに木之助はそこの硝子戸をあけた。

「これいくらで取ってもらえるだね」

青くむくんだ顔の女主人が、まず、

「こりゃ一体、何だい。三味線じゃない。胡弓か、えらい古い物だな」と男のような口のきき方をして、胡弓をうけとった。そして、あちこち傷んでいないか見てから、

「こんなものは、買えない」とつき返した。

「買えんということはねえだろうがな」と木之助は気が立っていたので口をとがらせていった。「古物屋が古物を買えんという法はねえだら」

「古物屋だとて、今どき使わんようなものはどうにもならんよ。うちは骨董屋じゃねえから」

二人はしばらく押問答した。女主人は買わぬつもりでもないらしく、

「まあ、そうだな。三十銭でよかったら置いてゆきな」といった。

九

木之助はあまり安い値をいわれたので腹が立ったが、腹立ちまぎれに、そいじゃ売ろうといってしまった。木之助は外に出ると何だかむしょうに腹が立ったが、その下にうつろな寂しい穴がぽかんとあいていた。

少しゆくと鉄柵でかこまれた大きい小学校があって、その前に学用品を売る店が道の方を向いていた。末っ子の由太のためにたのまれた王様クレヨンを買った。小僧がそれを包み紙で包むのを待っている間に、木之助の心は後悔の念に噛まれはじめた。胡弓を手ばなした瞬間、心の一隅に「しまった」という声が起った。それが、今は段々大きくなって来た。

　クレヨンの包みを受けとると木之助は慌てて、ゴムの長靴を鳴らしながら、さっきの古物屋の方へひっかえしていった。あいつを手離してなるものか、あいつは三十年の間私につれそうて来た！

　もう胡弓が古帽子や煙草入れなどと一緒に、道からよく見えるところに吊してあるのが、木之助の眼に入った。まだあってよかったと思った。長い間逢わなかった親しい者にひょいと出逢ったように懐しい感じがした。

　木之助は店にはいって行って、ちょっと躊躇いながら、いった。

「ちょっと、すまないが、さっきの胡弓は返してくれんかな。ちょっと、そのう、都合の悪いことが出来たもんで」

　青くむくんだ女主人は、きつい眼をして木之助の顔を穴のあくほど見た。そこで木之助は財布から三十銭を出して火鉢の横にならべた。

「まことに勝手なことといってすまんが、あの胡弓は三十年も使って来たもんで、俺のかかあより古くから俺につれそっているんで」

女主人の心を和げようと思って木之助はそんなことをいった。すると女主人は、

「あんたのかかあがどうしただか、そんなこたあ知らんが、家（うち）あ商売してるだね。遊んでいるじゃねえよ」といって、帳面や算盤（そろばん）の乗っている机に頤杖（あごづえ）をついた。そしてまたいった。「買いとったものを、おいそれと返すわけにゃいかんよ」

これはえらい女だなと木之助は思いながら「それじゃ、売ってくれや、いくらでも出すに」といった。

女主人はまたしばらく木之助の顔を見ていたが、

「売ってくれというなら売らんことはないよ、こっちは買って売るのが商売だあね」

とちょっとおとなしく言った。

「ああ、そいじゃ、そうしてくれ。いやどうも俺の方が悪かった。それじゃもういくら上げたらいいかな」と木之助はまた財布を出して、半ば開いた。

「そうさな、他の客なら八十銭に売るところだが、お前さんはもとを知っとるから、六十銭にしとこう」

木之助の財布を持っている手が怒り（いか）のために震えた。

「そ、そげな、馬鹿なことが。あんまり人の足元を見やがるな。三十銭で取っといて、三十分とたたねえうちに倍の値で――」

「やだきゃ、やめとけよ」と女主人は遮って素気(すげ)なくいった。

木之助は財布の中を見るともう十五銭しかなかった。いつもの習慣で家を出るとき金を持って出なかった。で、さっき由太のクレヨンを買うときは、味噌屋で貰ったお銭(あし)で払ったのだ。十五銭はその残りだった。

火鉢の横にならべた三十銭を一枚一枚拾って財布に入れると、木之助は黙って財布を腹の中へ入れた。そして力なく古物屋を出た。

午後の三時頃だった。また空は曇り、町は冷えて来た。足の先の凍えが急に身に沁(し)みた。木之助は右も左もみず、深くかがみこんで歩いていった。

手袋を買いに

寒い冬が北方から、狐の親子の棲んでいる森へもやって来ました。

或朝洞穴から子供の狐が出ようとしましたが、

「あっ」と叫んで眼を抑えながら母さん狐のところへころげて来ました。

「母ちゃん、眼に何か刺さった、ぬいて頂戴早く早く」と言いました。

母さん狐がびっくりして、あわてふためきながら、眼を抑えている子供の手を恐る恐るとりのけて見ましたが、何も刺さってはいませんでした。母さん狐は洞穴の入口から外へ出て始めてわけが解りました。昨夜のうちに、真白な雪がどっさり降ったのです。その雪の上からお陽さまがキラキラと照していたので、雪は眩しいほど反射していたのです。雪を知らなかった子供の狐は、あまり強い反射をうけたので、眼に何か刺さったと思ったのでした。

子供の狐は遊びに行きました。真綿のように柔かい雪の上を駈け廻ると、雪の粉が、しぶきのように飛び散って小さい虹がすっと映るのでした。

するとと突然、うしろで、

「どたどた、ざーっ」と物凄い音がして、パン粉のような粉雪が、ふわーっと子狐におっかぶさって来ました。子狐はびっくりして、雪の中にころがるようにして十米も向こうへ逃げました。何だろうと思ってふり返って見ましたが何もいませんでした。それは樅の枝から雪がなだれ落ちたのでした。まだ枝と枝の間から白い絹糸のように雪がこぼれていました。

間もなく洞穴へ帰って来た子狐は、

「お母ちゃん、お手々が冷たい、お手々がちんちんする」と言って、濡れて牡丹色になった両手を母さん狐の前にさしだしました。母さん狐は、その手に、は――っと息をふっかけて、ぬくとい母さんの手でやんわり包んでやりながら、

「もうすぐ暖くなるよ、雪をさわると、すぐ暖くなるもんだよ」といいましたが、かあいい坊やの手に霜焼ができてはかわいそうだから、夜になったら、町まで行って、坊やのお手々にあうような毛糸の手袋を買ってやろうと思いました。

暗い暗い夜が風呂敷のような影をひろげて野原や森を包みにやって来ましたが、雪はあまり白いので、包んでも包んでも白く浮びあがっていました。

親子の銀狐は洞穴から出ました。子供の方はお母さんのお腹の下へはいりこんで、そこからまんまるな眼をぱちぱちさせながら、あっちやこっちを見ながら歩いて行きました。

やがて、行手にぽっつりあかりが一つ見え始めました。それを子供の狐が見つけて、

「母ちゃん、お星さまは、あんな低いところにも落ちてるのねえ」とききました。

「あれはお星さまじゃないのよ」と言って、その時母さん狐の足はすくんでしまいました。

「あれは町の灯なんだよ」

その町の灯を見た時、母さん狐は、ある時町へお友達と出かけて行って、とんだめにあったことを思出しました。およしなさいっていうのもきかないで、お友達の狐が、或る家の家鴨を盗もうとしたので、お百姓に見つかって、さんざ追いまくられて、命からがら逃げたことでした。

「母ちゃん何してんの、早く行こうよ」と子供の狐がお腹の下から言うのでしたが、母さん狐はどうしても足がすすまないのでした。そこで、しかたがないので、坊やだけを一人で町まで行かせることになりました。

「坊やお手々を片方お出し」とお母さん狐がいいました。その手を、母さん狐はしば

らく握っている間に、可愛いい人間の子供の手にしてしまいました。坊やの狐はその手をひろげたり握ったり、抓って見たり、嗅いで見たりしました。

「何だか変だな母ちゃん、これなあに？」と言って、雪あかりに、またその、人間の手に変えられてしまった自分の手をしげしげと見つめました。

「それは人間の手よ。いいかい坊や、町へ行ったらね、たくさん人間の家があるからね、まず表に円いシャッポの看板のかかっている家を探すんだよ。それが見つかったらね、トントンと戸を叩いて、今晩はって言うんだよ。そうするとね、中から人間が、すこうし戸をあけるからね、その戸の隙間から、こっちの手、ほらこの人間の手をさし入れてね、この手にちょうどいい手袋頂戴って言うんだよ、わかったね、決して、こっちのお手々を出しちゃ駄目よ」と母さん狐は言いきかせました。

「どうして？」と坊やの狐はききかえしました。

「人間はね、相手が狐だと解ると、手袋を売ってくれないんだよ、それどころか、摑まえて檻の中へ入れちゃうんだよ、人間ってほんとに恐いものなんだよ」

「ふーん」

「決して、こっちの手を出しちゃいけないよ、こっちの方、ほら人間の手の方をさしだすんだよ」と言って、母さん狐は、持って来た二つの白銅貨を、人間の手の方へ握らせてやりました。

子供の狐は、町の灯を目あてに、雪あかりの野原をよちよちやって行きました。始めのうちは一つきりだった灯が二つになり三つになり、はては十にもふえました。狐の子供はそれを見て、灯には、星と同じように、赤いのや黄いのや青いのがあるんだなと思いました。やがて町にはいりましたが通りの家々はもうみんな戸を閉めてしまって、高い窓から暖かそうな光が、道の雪の上に落ちているばかりでした。

けれど表の看板の上には大てい小さな電燈がともっていましたので、狐の子は、それを見ながら、帽子屋を探して行きました。自転車の看板や、眼鏡の看板やその他いろんな看板が、あるものは、新しいペンキで画かれ、或るものは、古い壁のようにはげていましたが、町に始めて出て来た子狐にはそれらのものがいったい何であるか分らないのでした。

とうとう帽子屋がみつかりました。お母さんが道々よく教えてくれた、黒い大きなシルクハットの帽子の看板が、青い電燈に照されてかかっていました。

子狐は教えられた通り、トントンと戸を叩きました。

「今晩は」

すると、中では何かことこと音がしていましたがやがて、戸が一寸ほどゴロリとあいて、光の帯が道の白い雪の上に長く伸びました。

子狐はその光がまばゆかったので、めんくらって、まちがった方の手を、——お母さまが出しちゃいけないと言ってよく聞かせた方の手をすきまからさしこんでしまいました。

「このお手々にちょうどいい手袋下さい」

すると帽子屋さんは、おやおやと思いました。狐の手です。狐の手が手袋をくれと言うのです。これはきっと木の葉で買いに来たんだなと思いました。そこで、

「先にお金を下さい」と言いました。子狐はすなおに、握って来た白銅貨を二つ帽子屋さんに渡しました。帽子屋さんはそれを人差指のさきにのっけて、カチ合せて見ると、チンチンとよい音がしましたので、これは木の葉じゃない、ほんとのお金だと思いましたので、棚から子供用の毛糸の手袋をとり出して来て子狐の手に持たせてやりました。子狐は、お礼を言ってまた、もと来た道を帰り始めました。

「お母さんは、人間は恐ろしいものだって仰有ったがちっとも恐ろしくないや。だって僕の手を見てもどうもしなかったもの」と思いました。けれど子狐はいったい人間なんてどんなものか見たいと思いました。

ある窓の下を通りかかると、人間の声がしていました。何というやさしい、何とい

う美しい、何と言うおっとりした声なんでしょう。

「ねむれ　ねむれ
母の胸に、
ねむれ　ねむれ
母の手に――」

子狐はその唄声(うたごえ)は、きっと人間のお母さんの声にちがいないと思いました。だって、子狐が眠る時にも、やっぱり母さん狐は、あんなやさしい声でゆすぶってくれるからです。

するとこんどは、子供の声がしました。

「母ちゃん、こんな寒い夜は、森の子狐は寒い寒いって啼(な)いてるでしょうね」

すると母さんの声が、

「森の子狐もお母さん狐のお唄をきいて、洞穴の中で眠ろうとしているでしょうね。さあ坊やも早くねんねしなさい。森の子狐と坊やとどっちが早くねんねするか、きっと坊やの方が早くねんねしますよ」

それをきくと子狐は急にお母さんが恋しくなって、お母さん狐の待っている方へ跳んで行きました。

お母さん狐は、心配しながら、坊やの狐の帰って来るのを、今か今かとふるえながら待っていましたので、坊やが来ると、暖い胸に抱きしめて泣きたいほどよろこびました。

二匹の狐は森の方へ帰って行きました。月が出たので、狐の毛なみが銀色に光り、その足あとには、コバルトの影がたまりました。

「母ちゃん、人間ってちっとも恐かないや」

「どうして？」

「坊、間違えてほんとうのお手々出しちゃったの。でも帽子屋さん、摑まえやしなかったもの。ちゃんとこんないい暖い手袋くれたもの」

と言って手袋のはまった両手をパンパンやって見せました。お母さん狐は、

「まあ！」とあきれましたが、「ほんとうに人間はいいものかしら。ほんとうに人間はいいものかしら」とつぶやきました。

花を埋める

その遊びにどんな名がついているのか知らない。まだそんな遊びを今の子供達が果してするのか、町を歩くとき私は注意して見るがこれまで見た例しがない。あの頃つまり私達がその遊びをしていた当時でさえ、他の子供達はそういう遊びを知っていたかどうかも怪しい。一応私と同年輩の人に訊ねて見たいと思う。

何だか私達の間にだけあり、後にも先にも無いもののような気がする。そう思うことは楽しい。して見ると私達の仲間の誰かが創案したのだが、一体誰だろう、あんなあわれ深い遊戯を創り出したのは。

その遊びというのは、二人いれば出来る。一人が隠れんぼの鬼のように眼をつむって待っている。その間に他の一人が道ばたや畑に咲いている様々な花をむしって来る。そして地べたに茶飲茶碗ほどの――いやもっと小さい、盃ほどの穴を掘りその中に採って来た花をいい按配に入れる。それから穴に硝子の破片で蓋をし、上に砂をかむせ地面の他の部分と少しも変らないように見せかける。

「ようしか」と鬼が催促する、「もうようし」と合図する。すると鬼が眼を開けて来てそのあたりをきょろきょろと探しまわり、ここぞと思うところを指先で撫(な)でて、花の隠された穴を見つけるのである。それだけのことである。

だがその遊びに私達が持った興味は他の遊びとは違う。鬼に隠しおおせて、鬼を負かしてしまうということや、鬼の方では、早く見つけて早く鬼をやめるということ等には大して興味はなかった。専(もっぱ)ら興味の中心はかくされた土中の一握の花の美しさにつながっていた。

砂の上にそっと這(は)わせてゆく指先にこつんと固いものがあたるとそこに硝子がある。硝子の上の砂をのける。だがほんの少し。ちょうど人差指の頭のあたる部分だけ。穴から覗(のぞ)く。そこには私達のこの見馴(みな)れた世界とは全然別の、何処(どこ)か杳(はる)かなくにの、お伽噺(とぎばなし)か夢のような情趣を持った小さな別天地があった。小さな小さな別天地。ところが見ているとただ小さいだけではなかった。無辺際に大きな世界がそこに凝縮されている小ささであった。その故(ゆえ)にその指頭の世界は私達を魅(ひ)きつけてやまなかったのである。

いつもその遊びをしたわけではない。それをするのは夕暮が多かった。木にのぼったり、草の上をとびまわったり、烈しい肉体的な遊戯に疲れて来て、夕まぐれの青やかな空気の和かさに私達の心も何がなし溶けこんでゆく頃にそれをした。それをする相手も、誰であっても構わぬというのではなかった。第一そんな遊びを頭から好まない仲間もあった。女の子は大抵好きだった。

二人いれば出来ると私はいったが、一人でも出来ないことはなかった。私は一人でよくした。ただ一人の時は自分が二人になってするだけのことである。つまり花をとって隠しておき、そこから少し離れた所へ出来うべくんば家の角を一つ廻ったところまで、行って鬼になり、眼をとじて百か二百数え、それから探しに出掛けるのである。

だがそれを一人でするときは心に流れるうら侘しさが、硝子の指先にふれる冷たさや、土のしめっぽい香や、美しい花の色にまでしみて余計さびしくなるのだった。

二人か三人でその遊びをしたあと、家へ帰る前に美しい作品を一つ土中に埋めておきそのまま帰ることもあった。その夜はときどき埋めて来た花のことを思い出し床の中でも思い出して眠るのである。

そんな時土中のその小さな花の塊は私の心の中のたのしい秘密であって、母にも誰にも話さない。次の朝いって探しあてて見ると、花は土のしめりで少しも萎れずしかし明るい朝の光の中ではやや色褪せて見え私はそれと知らず幻滅を覚えたのであった。

また前の晩に埋めておいた花のことを次の朝、子供心の気まぐれに忘れてしまうこともあった。そういう花が私達に忘れられたまま沢山土に朽て混ったことだろう。

私達は家に帰る前に、また、そのとき使った花や葉を全部あつめほんとうに土の中に土をもって埋め、上を足でふんでおくこともあった。遊びのはてにするこの精算は私の心に美しいもの純潔なものをもたらした。子供でありながら何といじらしいことをしたものだろう。

或日の日暮どき私達はこの遊びをしていた。私に豆腐屋の林太郎に織布工場のツル――の三人だった。私達は三人同い年だった。秋葉さんの常夜燈の下でしていた。

ツルは女だからさすがに花をうまくあしらい美しいパノラマを造る、また彼女はそれをつくり私達に見せるのが好きだった。で始めのうち林太郎と私の二人が鬼でツルの隠した花を探してばかりいた。

私はツルのつくった花の世界のすばらしさに驚かされた。彼女は花びらを一つずつ用い草の葉や、草の実を巧に点景した。ときには帯の間にはさんでいる小さい巾着から、砂粒ほどの南京玉を出しそれを花びらの間に配した。まるで花園に星のふったように。そしてまた私はツルが好きだった。

遊びには自ら遊びの終るときが来るものだが、最後にツルと林太郎と二人で花を隠し私が一人鬼になった。「よし」といわれて私は探しにいったが、いくら探しても見あたらない。

「もっと向うよ、もっと向うよ」とツルがいうままにそのあたりを撫でまわるがどうしても見あたらない。林太郎はにやにや笑って常夜燈にもたれて見ている。林太郎はただツルの花をうずめるのを見ていただけに相違ない。「お茶わかしたよ」ととうとう私はかぶとをぬいだ。すれば、ツルの方で意外の処から花のありかを指摘して見せるのが当然なのだがツルはそうしなかった。「そいじゃ明日探しな」といった。

私は残念でたまらなかったのでまた地びたを這いまわったが遂に見つからなかった。でその日は家に帰った。度々常夜燈の下の広くもない地びたを眼にうかべた。其どこかに、ツルがつくったところのこの世のものならぬ美しさを秘めた花のパノラマがあることを思った。その花や南京玉の有様が手にとるように閉じた眼に見えた。

朝起きるとすぐ私は常夜燈の下へいって見た。そして一人でツルの隠した花を探した。息をはずませながら。まるで金でも探すように。だがついに見つからなかった。

それから以後度々思い出してはそこへ行って探した。花はもう萎れ果てているだろうということは少しも考えなかった。いつでも眼を閉じさえすれば、ツルの隠した花や南京玉が、水のしたたる美しさで薄明の中に泛ぶのであった。誰か他の者に見つけ出されると困るので、私は一人のときに限ってそこへ探しにいった。

　遊び相手がなくて一人寂しくいるとき、常夜燈の下にツルの隠したその花があるという思いは私を元気づけた。そこへ駈つけ、探しまわる間の希望は何にも変え難かった。いくら探しても見つからない焦燥もさることながら。

　ところが或日、私は林太郎に見られてしまった。私が例のように常夜燈の下を隅から隅まで探しまわっていると、いつの間に来たのか林太郎が常夜燈の石段にもたれて唐もろこしを喰べていた。私は林太郎に見られたと気付いた瞬間盗みの現行を押えられたようにびくっとした。私は突嗟の間にごまかそうとした。

　だが、林太郎は私の心の底までつまり私がツルを好いているということまで見透したようににやにやと笑って「まだ探いとるのけ、馬鹿だな」といった。「あれ嘘だっただよ、ツルあ何も埋けやせんだっただ」

　私は、ああそうだったのかと思った。心に憑いていたものが除れたように感じて、ほっとした。

　それからのち、常夜燈の下は私には何の魅力もないものになってしまった。ときどきそこで遊んでいて、ここには何も隠されてはないのだと思うとしらじらしい気持になり、美しい花が隠されているのだと思いこんでいた以前のことを懐しく思うのであった。

林太郎が私に真実を語らなかったら、私にはいつまでも常夜燈の下の隠された花の思いは楽しいものであったかどうか、それは解らない。

ツルとはその後、同じ村にいながら長い間交渉を絶っていたが、私が中学を出たとき折があって手紙のやりとりをし、逢引きもした。しかし彼女はそれまで私が心の中で育てていたツルとは大層違っていて、普通の愚な虚栄心の強い女であることが解り、ひどい幻滅を味ったのは、ツルが隠したように見せかけたあの花についての事情と何か似ていてあわれである。

小さい太郎の悲しみ

一

お花畑から、大きな虫がいっぴき、ぶうんと空にのぼりはじめました。からだが重いのか、ゆっくりのぼりはじめました。

地面から一メートルぐらいのぼると、横にとびはじめました。やはり、からだが重いので、ゆっくりいきます。うまやの角の方へのろのろとゆきます。

見ていた小さい太郎は、縁側からとびおりました。そしてはだしのまま、篩(ふるい)をもって追っかけてゆきました。

うまやの角をすぎて、お花畑から、麦畑へあがる、草の土堤(どて)の上で、虫をふせました。

とって見るとかぶと虫でした。

「ああ、かぶと虫だ。かぶと虫をとった」

と小さい太郎はいいました。けれど誰も何ともこたえませんでした。小さい太郎は兄弟がなくて一人ぼっちだったからです。一人ぼっちということはこんなときたいへんつまらないと思います。

小さい太郎は縁側にもどって来ました。そしてお婆さんに、

「お婆さん、かぶと虫をとった」

と見せました。

縁側に坐って居睡りしていたお婆さんは、眼をあいてかぶと虫をみると、

「なんだ、がにかや」

といって、またためをとじてしまいました。

「違う、かぶとむしだ」

と小さい太郎は口をとがらしていいましたが、お婆さんには、かぶと虫だろうが蟹だろうが、かまわないらしく、ふんふん、むにゃむにゃといって、ふたたび眼をひらこうとしませんでした。

小さい太郎は、お婆さんの膝から糸切れをとって、かぶと虫のうしろの足をしばり

ました。そして縁板の上を歩かせました。

かぶと虫は牛のようによちよちと歩きました。小さい太郎が糸のはしを押えると、まえへ進めなくて、カリカリと縁板を掻きました。

しばらくそんなことをしていましたが、小さい太郎はつまらなくなって来ました。きっと、かぶと虫には面白い遊び方があるのです。誰か、きっとそれを知っているのです。

二

そこで小さい太郎は、大頭に麦稈帽子をかむり、かぶと虫を糸のはしにぶらさげて、かどぐちを出てゆきました。

ひるはたいそうしずかで、どこかでむしろをはたく音がしているだけでした。

小さい太郎は、いちばんはじめに、いちばん近くの、桑畑の中の金平ちゃんの家へゆきました。金平ちゃんの家には七面鳥を二羽飼っていて、どうかすると、庭に出してあることがありました。小さい太郎はそれがこわいので、庭まではいってゆかないで、いけがきのこちらからなかをのぞきながら、

「金平ちゃん、金平ちゃん」

と小さい声で呼びました。金平ちゃんにだけ聞えればよかったからです。七面鳥にまで聞えなくてもよかったからです。

なかなか金平ちゃんに聞えないので、小さい太郎はなんどもくりかえして呼ばねばなりませんでした。

そのうちに、とうとううちの中から、

「金平はのオ」

と返事がして来ました。金平ちゃんのお父さんの眠そうな声でした。「金平は、よんべから腹が痛うてのオ、寝ておるだで、今日はいっしょに遊べんぜエ」

「ふウん」

と聞えないくらいかすかに鼻の中でいって、小さい太郎はいけがきをはなれました。

ちょっとがっかりしました。

でも、またあしたになって、金平ちゃんのお腹(なか)がなおれば、いっしょに遊べるからいいと思いました。

三

こんどは小さい太郎は一つ年上の恭一君の家にゆくことにしました。

恭一君の家は小さい百姓家でしたが、まわりに、松や椿や柿や橡などいろんな木がいっぱいありました。恭一君は木登りが上手でよくその木にのぼっていて、うかうかと知らずに下を通ったりすると、椿の実を頭の上に落してよこして、おどろかすことがありました。また木にのぼっていないときでも恭一君はよく、もののかげや、うしろから、わっといってびっくりさせるのでした。ですから小さい太郎は、恭一君の家の近くに来ると、もう油断ができないのです。上下左右、うしろにまで気をつけながら、そろりそろりとすすんでゆきます。

ところがきょうは、どの木にも恭一君はのぼっていません。どこからも、わっといってあらわれて来ません。

「恭一はな」と、鶏に餌をやりに出て来た小母さんが、きかしてくれました。「ちょっとわけがあってな、三河の親類へ昨日、あずけただがな」

「ふウん」

と小さい太郎は聞えるか聞えないくらいに鼻の中でいいました。何ということでしょう！　なかのよかった恭一君が、海の向うの三河の或る村にもらわれて行ってしまったというのです。

「そいで、もう、もどって来やしん？」

と、せきこんで小さい太郎はききました。

「そや、また、いつか来るだらあずに」

「いつ？」

「盆や正月に来るだらあずにな」

「ほんとだね、小母さん、盆と正月にやもどって来るね」

小さい太郎はのぞみを失いませんでした。盆にはまた恭一君と遊べるのです。正月にも。

四

かぶと虫を持った小さい太郎は、こんどは細い坂道をのぼって大きい通りの方へ出てゆきました。

車大工さんの家は大きい通りにそってありました。そこの家の安雄さんは、もう青年学校にいっているような大きい人です。けれどいつも小さい太郎たちのよい友達でした。陣取りをするときでも、かくれんぼをするときでもいっしょに遊ぶのです。安雄さんは小さい友達からとくべつにそんけいされていました。それは、どんな木の葉、草の葉でも、安雄さんの手でくるくるとまかれ、安雄さんのくちびるにあてると、ぴいと鳴ることができたからです。また安雄さんはどんなつまらないものでも、ちょっと細工をして、面白いおもちゃにすることができたからです。

車大工さんの家に近づくにつれて、小さい太郎の胸は、わくわくして来ました。安雄さんがかぶと虫で、どんな面白いことを考え出してくれるか、と思ったからです。

ちょうど、小さい太郎のあごのところまである格子に、くびだけのせて、仕事場の中をのぞくと、安雄さんはおりました。小父さんと二人で、仕事場の隅の砥石でかんなの刃を研いでいました。よく見るときょうは、ちゃんと仕事着をきて、黒い前垂れをかけています。

「そういうふうに力を入れるんじゃねぇといったら、わからん奴だな」

と小父さんがぶつくさいいました。安雄さんは刃の研ぎ方を小父さんに教わっているらしいのです。顔をまっかにして一生けんめいにやっています。それで、小さい太郎の方をいつまで待っても見てくれません。

とうとう小さい太郎はしびれを切らして、

「安さん、安さん」

と小さい声で呼びました。安雄さんにだけ聞えればよかったのです。

しかし、こんなせまいところではそういうわけにはいきません。小父さんがききとがめました。小父さんは、いつもは子供にむだ口なんかきいてくれるいい人ですが、きょうは、何かほかのことで腹を立てていたと見えて、太い眉根をぴくぴくと動かしながら、

「うちの安雄はな、もう今日から、一人前の大人になったでな、子供とは遊ばんでな、子供は子供と遊ぶがええぞや」

と、つっぱなすようにいいました。

すると安雄さんが小さい太郎の方を見て、しかたないように、かすかに笑いました。

そしてまたすぐ、じぶんの手先に熱心な眼をむけました。

虫が枝から落ちるように、力なく小さい太郎は格子からはなれました。

そしてぶらぶらと歩いてゆきました。

五

小さい太郎の胸にふかい悲しみがわきあがりました。

安雄さんはもう小さい太郎のそばに帰っては来ないのです。もういっしょに遊ぶことはないのです。お腹が痛いなら明日になればなおるでしょう。三河にもらわれていったって、いつかまた帰って来ることもあるでしょう。しかし大人の世界にはいった

人がもう子供の世界に帰って来ることはないのです。

安雄さんは遠くに行きはしません。同じ村の、じき近くにいます。しかし、きょうから、安雄さんと小さい太郎はべつの世界にいるのです。いっしょに遊ぶことはないのです。

もう、ここには何にものぞみがのこされていませんでした。小さい太郎の胸には悲しみが空のようにひろくふかくうつろにひろがりました。

或る悲しみは泣くことができます。泣いて消すことができます。

しかし或る悲しみは泣くことができません。泣いたって、どうしたって消すことはできないのです。いま、小さい太郎の胸にひろがった悲しみは泣くことのできない悲しみでした。

そこで小さい太郎は、西の山の上に一つきり、ぽかんとある、ふちの赤い雲を、まぶしいものを見るように、眉を少ししかめながら長い間みているだけでした。かぶと虫がいつか指からすりぬけて、逃げてしまったのにも気づかないで――

狐

一

月夜に七人の子供が歩いておりました。

大きい子供も小さい子供もまじっておりました。

月は、上から照らしておりました。子供たちの影は短かく地べたにうつりました。

子供たちはじぶんじぶんの影を見て、ずいぶん大頭で、足が短いなあと思いました。

そこで、おかしくなって、笑い出す子もありました。あまりかっこうがよくないので二、三歩はしって見る子もありました。

こんな月夜には、子供たちは何か夢みたいなことを考えがちでありました。

子供たちは小さい村から、半里ばかりはなれた本郷(ほんごう)へ、夜のお祭を見にゆくところでした。

切通しをのぼると、かそかな春の夜風にのって、ひゅうひゃらりゃりゃと笛の音が聞えて来ました。

子供たちの足はしぜんにはやくなりました。

すると一人の子供がおくれてしまいました。

「文六(ぶんろく)ちゃん、早く来い」

とほかの子供が呼びました。

文六ちゃんは月の光でも、やせっぽちで、色の白い、眼玉の大きいことのわかる子供です。できるだけいそいでみんなに追いつこうとしました。

「んでも俺、おっ母(か)ちゃんの下駄(げた)だもん」

と、とうとう鼻をならしました。なるほど細長いあしのさきには大きな、大人の下駄がはかれていました。

二

本郷にはいるとまもなく、道ばたに下駄屋さんがあります。

子供たちはその店にはいってゆきました。文六ちゃんの下駄を買うのです。文六ちゃんのお母さんに頼まれたのです。

「あのイ、小母さん」

と、義則君が口をとがらして下駄屋の小母さんにいいました。

「こいつのイ、樽屋の清さの子供だけどのイ、下駄を一足やっとくれや。あとから、おっ母さんが銭もってくるげなで」

みんなは、樽屋の清さの子供がよく見えるように、まえへ押しだしました。それは文六ちゃんでした。文六ちゃんは二つばかり眼ばたきしてつっ立っていました。

小母さんは笑い出して、下駄を棚からおろしてくれました。

どの下駄が足によくあうかは、足にあてて見なければわかりません。義則君が、お父さんか何ぞのように、文六ちゃんの足に下駄をあてがってくれました。何しろ文六ちゃんは、一人きりの子供で、甘えん坊でした。

ちょうど文六ちゃんが、新しい下駄をはいたときに、腰のまがったお婆さんが下駄屋さんにはいって来ました。そしてお婆さんはふとこんなことをいうのでした。

「やれやれ、どこの子だか知らんが、晩げに新しい下駄をおろすと狐がつくというだに」

子供たちはびっくりしてお婆さんの顔を見ました。

「嘘だい、そんなこと」

とやがて義則君がいいました。

「迷信だ」

とほかの一人がいいました。

それでも子供たちの顔には何か心配な色がただよっていました。

「ようし、そいじゃ、小母さんがまじないしてやろう」

と、下駄屋の小母さんは、マッチを一本するまねして、文六ちゃんの新しい下駄のうらに、ちょっと触りました。

「さあ、これでよし。これでもう、狐も狸もつきゃしん」

そこで子供たちは下駄屋さんを出ました。

三

子供たちは綿菓子を喰べながら、稚児さんが二つの扇を、眼にもとまらぬ速さでまわしながら、舞台の上で舞うのを見ていました。その稚児さんは、お白粉をぬりこくって顔をいろどっているけれど、よく見ると、お多福湯のトネ子でありましたので、

「あれ、トネ子だよ、ふふ」

とささやきあったりしました。

稚児さんを見てるのに飽くと、くらいところにいって、鼠花火をはじかせたり、かんしゃく玉を石垣にぶつけたりしました。

舞台を照らすあかるい電燈には、虫がいっぱい来て、そのまわりをめぐっていました。見ると、舞台の正面のひさしのすぐ下に、大きな、あか土色の蛾がぴったりはりついていました。

山車の鼻先のせまいところで、人形の三番叟が踊りはじめる頃は、すこし、お宮の境内の人も少くなったようでした。花火や、ゴム風船の音もへったようでした。

子供たちは山車の鼻の下にならんで、仰向いて、人形の顔を見ていました。

人形は大人とも子供ともつかぬ顔をしています。その黒い眼は生きているとしか思えません。ときどき、またたきするのは、人形を踊らす人がうしろで糸をひくのです。子供たちはそんなことはよく知っています。しかし、人形がまたたきすると、子供たちは、何だか、ものがなしいような、ぶきみなような気がします。

するととつぜん、パクッと人形が口をあきペロッと舌を出し、あっというまに、もとのように口をとじてしまいました。まっかな口の中でした。

これも、うしろで糸をひく人がやったことです。子供たちはよく知っているのです。

ひるまなら、子供たちは面白がって、ゲラゲラ笑うのです。

けれど子供たちは、いまは笑いませんでした。提灯(ちょうちん)の光の中で、――影の多い光の中で、まるで生きている人間のように、まばたきしたり、ペロッと舌を出したりする人形……何というぶきみなものでしょう。

――子供たちは思い出しました、文六ちゃんの新しい下駄のことを。晩げに新しい下駄をおろすものは狐につかれるといったあの婆さんのことを。

子供たちは、じぶんたちが、ながく遊びすぎたことにも気がつきました。じぶんたちにはこれから帰ってゆかねばならない、半里の、野中の道があったことにも気がつきました。

四

かえりも月夜でありました。

しかし、かえりの月夜は、なんとなくつまらないものです。子供たちは、だまって――ちょうど一人一人が、じぶんのこころの中をのぞいてでもいるように、だまって歩いていました。

切通し坂の上に来たとき、一人の子が、もう一人の子の耳に口を寄せて何かささやきました。するとささやかれた子は別の子のそばにいって何かささやきました。その子はまた別の子にささやきました。——こうして、文六ちゃんのほか、子供たちは何か一つのことを、耳から耳へいいつたえました。

それはこういうことだったのです。「下駄屋さんの小母さんは文六ちゃんの下駄に、ほんとうにマッチをすっておまじないをしやしんだった。まねごとをしただけだった」

それから子供たちはまたひっそりして歩いてゆきました。ひっそりしているとき子供たちは考えておりました。

——狐につかれるというのはどんなことかしらん。文六ちゃんの中に狐がはいることだろうか。文六ちゃんの姿や形はそのままでいて、心は狐になってしまうことだろうか。そうすると、いまもう、文六ちゃんは狐につかれているかもしれないわけだ。文六ちゃんは黙っているからわからないが、心の中はもう狐になってしまっているかもしれないわけだ。

おなじ月夜で、おなじ野中の道では、誰でもおなじようなことを考えるものです。

そこでみんなの足はしぜんにはやくなりました。

ぐるりを低い桃の木でとりまかれた池のそばへ、道が来たときでした。子供たちの

中で誰かが、

「コン」

と小さい咳をしました。

ひっそりして歩いているときなので、みんなは、その小さい音でさえ、聞きおとすわけにはゆきませんでした。

そこで子供たちは、今の咳は誰がしたか、こっそり調べました。すると——文六ちゃんがしたということがわかりました。

文六ちゃんがコンと咳をした！　それなら、この咳にはとくべつの意味があるのではないかと子供たちは考えました。よく考えて見るとそれは咳ではなかったようでした。狐の鳴声のようでした。

「コン」

とまた文六ちゃんがいいました。

文六ちゃんは狐になってしまったと子供たちは思いました。わたしたちの中には狐が一匹はいっていると、みんなは恐ろしく思いました。

五

樽屋の文六ちゃんの家は、みんなの家とは少しはなれたところにありました。ひろい、蜜柑畑になっている屋敷にかこわれて、一軒きり、谷地にぽつんと立っていました。子供たちはいつも、水車のところから少し廻りみちして、文六ちゃんを、その家の門口まで送ってやることにしていました。なぜなら、文六ちゃんは樽屋の清六さんの一人きりの大事な坊ちゃんで、甘えん坊だからです。文六ちゃんのお母さんが、よく、蜜柑やお菓子をみんなにくれて、文六ちゃんと遊んでやってくれとたのみに来るからです。今晩も、お祭にゆくときには、その門口まで、文六ちゃんを迎えに行ってやったのでした。

さてみんなは、とうとう、水車のところに来ました。水車の横から細い道がわかれて草の中を下へおりてゆきます。それが文六ちゃんの家にゆく道です。

ところが、今夜は誰も、文六ちゃんのことを忘れてしまったかのように、送ってゆこうとするものがありません。忘れたどころではありません、文六ちゃんがこわいのです。

甘えん坊の文六ちゃんは、それでも、いつも親切な義則君だけは、こちらへ来てくれるだろうと思って、うしろをむきむき、水車のかげになってゆきました。とうとう、だれも文六ちゃんといっしょにゆきませんでした。

さて文六ちゃんは、ひとりで、月にあかるい谷地へおりてゆく細道をくだりはじめました。どこかで、蛙（かえる）がくみ声で鳴いていました。

文六ちゃんは、ここから、じぶんの家までは、もうじきだから、誰も送ってくれなくても、困るわけではないのです。だが、いつもは送ってくれたのです、今夜にかぎっておくってくれないのです。

文六ちゃんは、ぼけんとしているようでも、もうちゃんと知っているのです、みんなが、じぶんの下駄のことで何といいかわしたか、また、じぶんが咳をしたためにどういうことになったかを。

祭にゆくまでは、あんなに、じぶんに親切にしてくれたみんなが、じぶんが、夜新しい下駄をはいて狐にとりつかれたかしれないために、もう誰一人かえりみてくれない、それが文六ちゃんにはなさけないのでした。

義則君なんか文六ちゃんより四年級も上だけれど親切な子で、いつもなら、文六ちゃんが寒そうにしていると、洋服の上に着ている羽織をぬいでかしてくれたものでした（田舎の少年は寒い時、洋服の上に羽織を着ています）。それだのに、今夜は、文六ちゃんが、いくら咳をしていても羽織を貸してやろうとはいいませんでした。

文六ちゃんの屋敷の外囲いになっている槙（まき）の生垣のところに来ました。背戸口（せどぐち）の方の小さい木戸をあけて中にはいりながら、文六ちゃんは、じぶんの小さい影法師を見てふと、ある心配を感じました。

――ひょっとすると、じぶんはほんとうに狐につかれているかもしれない、ということでした。そうすると、お父さんやお母さんはじぶんをどうするだろうということでした。

六

お父さんが樽屋さんの組合へいって、今晩はまだ帰らないので、文六ちゃんとお母さんはさきに寝むことになりました。

文六ちゃんは初等科三年生なのにまだお母さんといっしょに寝るのです。ひとり子ですからしかたないのです。

「さあ、お祭の話を、母ちゃんにきかしておくれ」

とお母さんは、文六ちゃんのねまきのえりを合わせてやりながらいいました。

文六ちゃんは、学校から帰れば学校のことを、町にゆけば町のことを、映画を見てくれば映画のことをお母さんにきかれるのです。文六ちゃんは話が下手ですから、ちぎれちぎれに話をします。それでもお母さんは、とても面白がって、よろこんで文六ちゃんの話をきいてくれるのでした。

「神子(みこ)さんね、あれよく見たら、お多福湯のトネ子だったよ」

と文六ちゃんは話しました。

お母さんは、そうかい、といって、面白そうに笑って、

「それから、もう誰が出たかわからなかったかい」

とききました。

文六ちゃんはおもいだそうとするように、眼を大きく見ひらいて、じっとしていましたが、やがて、祭の話はやめて、こんなことをいいだしました。

「母ちゃん、夜、新しい下駄おろすと、狐につかれる？」

お母さんは、文六ちゃんが何をいい出したかと思って、しばらく、あっけにとられて文六ちゃんの顔を見ていましたが、今晩、文六ちゃんの身の上に、おおよそどんなことが起ったか、けんとうがつきました。

「誰がそんなことをいった？」

文六ちゃんはむきになって、じぶんのさきの問いをくりかえしました。

「ほんと？」

「嘘だよ、そんなこと。昔の人がそんなことをいっただけだよ」

「嘘だね？」

「嘘だとも」

「きっとだね」

「きっと」

しばらく文六ちゃんは黙っていました。黙っている間に、大きい眼玉が二度ぐるりぐるりとまわりました。それからいいました。

「もし、ほんとだったらどうする？」

「どうするって、何を？」

とお母さんがききかえしました。

「もし、僕が、ほんとに狐になっちゃったらどうする？」

お母さんは、しんからおかしいように笑いだしました。

「ね、ね、ね」

と文六ちゃんは、ちょっとてれくさいような顔をして、お母さんの胸を両手でぐんぐん押しました。

「そうさね」と、お母さんはちょっと考えていてからいいました。「そしたら、もう、家におくわけにゃいかないね」

文六ちゃんは、それをきくと、さびしい顔つきをしました。

「そしたら、どこへゆく？」

「鴉根山（からすねやま）の方にゆけば、今でも狐がいるそうだから、そっちへゆくさ」

「母ちゃんや父ちゃんはどうする？」

するとお母さんは、大人が子供をからかうときにするように、たいへんまじめな顔で、しかつべらしく、

「父ちゃんと母ちゃんは相談をしてね、かあいい文六が、狐になってしまったから、わしたちもこの世に何のたのしみもなくなってしまったで、人間をやめて、狐になることにきめますよ」

「父ちゃんも母ちゃんも狐になる？」

「そう、二人で、明日の晩げに下駄屋さんから新しい下駄を買って来て、いっしょに狐になるね。そうして、文六ちゃんの狐をつれて鴉根の方へゆきましょう」

文六ちゃんは大きい眼をかがやかせて、

「鴉根って、西の方？」

「成岩（ならわ）から西南の方の山だよ」

「深い山？」

「松の木が生えているところだよ」

「猟師はいない？」

「猟師って鉄砲打ちのことかい？ 山の中だからいるかも知れんね」

「猟師が撃ちに来たら、母ちゃんどうしよう？」

「深い洞穴の中にはいって三人で小さくなっていれば見つからないよ」

「でも、雪が降ると餌（えさ）がなくなるでしょう。餌を拾いに出たとき猟師の犬に見つかったらどうしよう」

「そしたら、いっしょうけんめい走って逃げましょう」

「でも、父ちゃんや母ちゃんは速いでいいけど、僕は子供の狐だもん、おくれてしまうもん」

「父ちゃんと母ちゃんが両方から手をひっぱってあげるよ」

「そんなことをしてるうちに、犬がすぐうしろに来たら？」

お母さんはちょっと黙っていました。それから、ゆっくりいいました。もうしんからまじめな声でした。

「そしたら、母ちゃんは、びっこをひいてゆっくりいきましょう」

「どうして？」

「犬は母ちゃんに嚙(か)みつくでしょう、そのうちに猟師が来て、母ちゃんをしばってゆくでしょう。その間に、坊やとお父ちゃんは逃げてしまうのだよ」

文六ちゃんはびっくりしてお母さんの顔をまじまじと見ました。

「いやだよ、母ちゃん、そんなこと。そいじゃ、母ちゃんがなしになってしまうじゃないか」

「でも、そうするよりしようがないよ、母ちゃんはびっこをひきひきゆっくりゆくよ」

「いやだったら、母ちゃん。母ちゃんがなくなるじゃないか」

「でもそうするよりしようがないよ、母ちゃんは、びっこをひきひきゆっくりゆっくり……」

「いやだったら、いやだったら、いやだったら！」

文六ちゃんはわめきたてながら、お母さんの胸にしがみつきました。涙がどっと流れて来ました。

お母さんも、ねまきのそででこっそり眼のふちをふきました、そして文六ちゃんがはねとばした、小さい枕(まくら)を拾って、あたまの下にあてがってやりました。

詩

春風

——母死にまして二十年
兄も亦幼にして逝けり

お母さん　あなたの俤は
春　乳母車にのつてやつて来る
わたしが戸口に凭れて
埃を追つてゆく春風を見てると
あなたは乳母車に乗つて
私の兄さんに押させて来る
お母さん　あなたは
やさしい仏様達の国から
　来たのに
大きな明るい蓮の花の傍から
　来たのに

何といふ貧しさでせう
あなたは窶れてゐる
あなたの着物は手織の木綿です
そしてこの乳母車は強い匂ひのする
　藤車で
きゆろきゆろと小鳥のやうに
　鳴くのです
お母さん　あなたは何処へいくのですか
　と私が訊くとあなたはかう答へる
――私はまたお医者へいくんだよと
お母さん　あなたはさういつてまた
まだ羽織の肩揚げのとれない兄さんに
押されて行く
幼い兄さん　桃の木の下を通るときには
一枝をお母さんが折りとれるやうに
その乳母車をとめて下さい

桃の蕾(つぼみ)はまだ小さくつても
お母さん　あなたの俤は
かうして春の真昼ころ
私が戸口に凭れて通りを見てると
乳母車でやつて来てやがて行つてしまふ
――春風と来て春風といつてしまふ

疲レタ少年ノ旅

疲レタ少年ガ
道下ノ小サイ窓ニ
臥(ふせ)テヰル

道ハ
際限モナク遠イ
西カラ一スヂニ
続イテキテ
際限モナク遠イ
東ヘ一スヂニ
続イテイツタ

毎日西風ガ
一ニギリノ枯草ニ吹イテ
道ハ乾イテタ
或(あ)ル晩
赤イ月ガ
塩屋ノ屋根カラ
出ル時分

カランカラカラ
カランカラカラ
カランカラカラ　トイフ
音ガ
遠イ遠イ
ズット遠イ
西カラ

疲レタ少年ニ
聞エテキタ

マダ何百里モ
遠クカラ聞エテ
クルコトヲ
少年ハ知ツテタ
ダガトウトウ来タナト
疲レタ少年ハ思ツタ
カランカラカラ
カランカラカラト
ソノ音ハ絶エズ
聞エタ
ダンダンコチラヘ

ヤッテクル
トキドキフイト
聞エナクナル
ソレハソイツガ
家ノ蔭(かげ)カ
牛車ノ下デモ
通ルトキダ
スグマタ
聞エテクル
カランカラカラ
カランカラカラ
トウトウソイツハ
近ヅイテ来テ
アッ
少年ノ窓ノ前ヲ

カランカラカラ
カランカラカラト
スギタ

疲レタ少年ハ
見タ
ソイツハ一ツノ
空缶ダツタ

カランカラカラ
カランカラカラト
東へ遠ザカツテユク
同ジ速サデ
同ジ調子デ

カランカラカラ
カランカラカラ

トキドキフイト
聞エナクナルノハ
谷底ノ町ニ
ハイツタカラデ
スグマタ
聞エテクル
カランカラカラ
カランカラカラ

ア、モウ何百里モ
東ヘイツタ
イクツモイクツモ
町ヲヌケテ

ドコマデアイツハ
イクノダ
カランカラカラ
カランカラカラ
モウ風ノソヨギニモ
消エルホド
ソノ音ハ
幽(かす)カニナツタケレド
ソレデモ
マダ聞エテクル
カランカラカラ
カランカラカラ

疲レタ少年ハ
ハツキリ思フ

トウトウ私ハ
ユカネバナラヌト
母サン達ガ
部屋ニハイツテ来タ
母サンハイママデノウチ
イチバン優シク
コレ以上母サンハ
優シクナレマイト
思ハレル優シサデ
「ソウ　オ前ハユカネバ
ナラナイ
タツタヒトリデ」
少年ハナンダカ
悲シイ
デモアレガ通ツテイツタカラ

シカタナイ
寒イカラコレヲシテ
オユキト
母サンハ
手袋ヲハメテクレタ
右手トソレカラ左手ニ
帽子モマッスグ
カムセテクレタ
襟巻デ
クビヲ包ンデクレタ
疲レタ少年ハ
タチアガッテ
「ヂヤ母サンイッテキマス」

「ア、気ヲツケテネ
マタイツシヨニナルネ」
「イ、エモウコレキリ
永遠ニ……
ヂヤサイナラ」
「ア、サヨナラ」
ソレカラ疲レタ少年ハ
空缶ノ行ツタ方ヘ
長イ旅ニタツタ

窓

窓をあければ
風がくる、風がくる。
　光つた風がふいてくる。

窓をあければ
こゑがくる、こゑがくる。
　遠い子どものこゑがくる。

窓をあければ
空がくる、空がくる。
　こはくのやうな空がくる。

新美南吉略年譜

一九一三（大正二）年

七月三十日、愛知県知多郡半田町岩滑で畳屋を営む父渡辺多蔵と母りゑの次男として生まれる。生後まもなく亡くなった兄と同じ正八と名付けられる。家業は畳屋と下駄屋。

一九一七（大正六）年　四歳

十一月、生母りゑ病没。享年二十九。のちに、詩「春風」で亡き母をうたっている。

一九一九（大正八）年　六歳

継母志ん入籍。同月、異母弟の益吉生まれる。

一九二〇（大正九）年　七歳

四月、半田第二尋常小学校（現・岩滑小学校）入学。身体は弱かったが学業は優秀だった。

一九二一（大正十）年　八歳

七月、多蔵と志んが離婚。生母りゑの実家、新美家の養子となるが寂しさに耐えられず、新美姓のまま、渡辺家に戻る。新美・渡辺両姓の混用がみられ、複雑な境遇をうかがわせる。

一九二六（大正十五）年　十三歳

四月、県立半田中学校（現・半田高校）入学。

一九二七（昭和二）年　十四歳

この頃から盛んに童謡や童話を作り始める。

一九二九（昭和四）年　十六歳

『緑草』『少年倶楽部』などへ盛んに童謡や童話を投稿。岩滑の有志とガリ版刷りの同人『オリオン』を出す。五月、「少佐と支那人の話」（張紅倫）創作。

一九三一（昭和六）年　十八歳

三月、半田中学校卒業。岡崎師範学校を受験するが体格検査で不合格。四月から八月まで母校の半田第二尋常小学校に代用教員として勤務。五月、復刊『赤い鳥』に初めて「窓」が掲載される。以降、『赤い鳥』に童謡童話を投稿。「正坊とクロ」（八月号）、「張紅倫」（十一月号）が載る。十二月、東京高等師範学校受験のため上京。試験には失敗したが、この間、巽聖歌などと知り合う。十月、「権狐」執筆。

一九三二（昭和七）年　十九歳

四月、東京外国語学校（現・東京外国語大学）英語部文科に入学。はじめ巽宅に寄寓するが、やがて外語の寮に移る。『赤い鳥』に「ごん狐」（一月号）、「のら犬」（五月号）が載る（年齢は十八歳）。鈴木三重吉、北原白秋の知遇を得る。

一九三三（昭和八）年　二十歳

東京での生活は友人にもめぐまれ、北原白秋、巽聖歌、与田準一らと親しく交わっていたことが日記に記されている。師の北原白秋が鈴木三重吉と訣別したことにより、この年の四月号を最後に『赤い鳥』への投稿を止める。十二月、「手袋を買いに」創作。この年、小林多喜二が拷問死（二月）、会うことはなかったが刺激を受けていた宮沢賢治没（九月）。

一九三四（昭和九）年　二十一歳

二月、新宿のレストラン「モナミ」で開かれた第一回宮沢賢治友の会に参加。この回には、巽聖歌、高村光太郎、土方定一、草野心平、尾崎喜八、賢治の弟・宮沢清六など二十人余が出席していた。出席者には清六から童話集『注文の多い料理店』、詩集『春と修羅』、そして法華経一巻が贈られた。同月下旬、初めて喀血（かっけつ）し無念の帰郷。この年、「雀」「塀」などの小説を執筆。

一九三五（昭和十）年　二十二歳

五月、「でんでんむしのかなしみ」など幼年童話二十編余りを書き上げる。

一九三六（昭和十一）年　二十三歳

三月、東京外国語学校卒業。東京商工会議所内の東京土産品協会に就職。十月、二度目の喀血。十一月、帰郷。

一九三七（昭和十二）年　二十四歳

一～三月、病気と孤独に悩む。ドストエフスキーの「カラマーゾフの兄弟」を読み、人間のエゴイズムと愛について考える。四月、河和第一尋常高等小学校（現・河和小学校）の代用教員となる。六月、「空気ポンプ」創作。同僚の山田梅子と交際。九月、飼料会社の杉治商会に就職。鴉根山畜禽研究所に住み込みで勤め、十二月、本店の経理課に異動。

一九三八（昭和十三）年　二十五歳

四月、恩師のはからいで安城高等女学校（現・安城高校）の教諭となり、一年生（十九回生）を担任する。

一九三九（昭和十四）年　二十六歳

一月、幼いころからの知り合い、中山ちゑとの結婚を考える。五月から「哈爾賓（ハルビン）日日新聞」に「最後の胡弓弾き」「久助君の話」「花を埋める」などを寄稿。七月、生徒らと富士登山。八月、伊豆大島、東京へ旅行するなど、創作も体調も順調であった。

一九四〇（昭和十五）年　二十七歳

「哈爾賓日日新聞」に「屁」「音ちゃんは豆を煮ていた」「家」などを寄稿。『婦女界』に「銭」、『新児童文化』に「川」が掲載され、ようやく世に注目され始める。六月、中山ちゑ死去。

一九四一（昭和十六）年　二十八歳

一～三月、学習社の依頼で「良寛物語　手毬と鉢の子」を執筆。無理がたたって体調を崩し、弟宛に遺言状を書く。十月、初の単行本『良寛物語　手毬と鉢の子』（学習社）出版。十二月、血尿が出る。

一九四二（昭和十七）年　二十九歳

一月、腎臓炎と診断され通院。このころ創作は大変盛んで、三月「ごんごろ鐘」、四月「おじいさんのランプ」、五月「花のき村と盗人たち」「牛をつないだ椿の木」「百姓の足、坊さんの足」「和太郎さんと牛」など代表作を次々に書き上げる。十月、第一童話集『おじいさんのランプ』（有光社）出版。装幀と挿絵は棟方志功。
十一月、北原白秋没。
一九四三（昭和十八）年
病状悪化。自宅で療養しながら「狐」「小さい太郎の悲しみ」「疣（いぼ）」を執筆。未発表作品を巽聖歌に送り、出版を依頼。二月二十日、巽聖歌が見舞いに訪れるが、声が出ず筆談。二冊の童話集刊行を待ちわびていた南吉は、三月八日、巽聖歌に次のような手紙を送った。

（略）


じつは二、三日、ノドわるし。

だが長い病気は、船の旅。うきつ、しずみつ、すすむんだ。

はやく童話集がみたい。今は、そのことばかり考えている。

（母が一週間ばかり前からねこんだ。）

昭和十八年三月八日

巽聖歌様

喉頭結核のため三月二十二日没。享年二十九。

没後、九月十日に『牛をつないだ椿の木』、九月三十日に『花のき村と盗人たち』の二冊の童話集が刊行される。一九五六（昭和三十一）年、巽聖歌らが編集委員に加わった大日本図書の小学校国語教科書四年に、はじめて「ごんぎつね」が掲載され、その後、「ごんぎつね」は定番教材となり、一九八〇（昭和五十五）年からはすべての国語教科書に載るようになった。

新美南吉は生涯で、童話一二三編、小説五七編、童謡三三二編、詩二二三編、俳句四五二句、短歌三三一首、戯曲一四編、随筆等一七編を遺したとされる。
＊新美南吉記念館（愛知県半田市岩滑西町）ＨＰ等を参考に作成した（編集部）

本書は文庫オリジナルです。

表記について

新潮文庫の文字表記については、原文を尊重するという見地に立ち、次のように方針を定めました。

一、旧仮名づかいで書かれた口語文の作品は、新仮名づかいに改める。
二、文語文の作品は旧仮名づかいのままとする。
三、旧字体で書かれているものは、原則として新字体に改める。
四、難読と思われる語には振仮名をつける。

なお本作品中、今日の観点からみると差別的ととられかねない表現が散見しますが、作品自体のもつ文学性ならびに芸術性、また著者がすでに故人であるという事情に鑑み、原文どおりとしました。

（新潮文庫編集部）

小川未明著

小川未明童話集

人間にあこがれた母人魚が、幸福になるようにと人間界に生み落した人魚の娘の物語「赤いろうそくと人魚」ほか24編の傑作を収める。

宮沢賢治著

新編 風の又三郎

谷川に臨む小学校に突然やってきた不思議な転校生——少年たちの感情をいきいきと描く表題作等、小動物や子供が活躍する童話16編。

宮沢賢治著

新編 銀河鉄道の夜

貧しい少年ジョバンニが銀河鉄道で美しく哀しい夜空の旅をする表題作等、童話13編戯曲1編。絢爛で多彩な作品世界を味わえる一冊。

宮沢賢治著

注文の多い料理店

生前唯一の童話集『注文の多い料理店』全編を中心に土の香り豊かな童話19編を収録。イーハトヴの住人たちとまとめて出会える一巻。

天沢退二郎編

新編 宮沢賢治詩集

自己の心眼と森羅万象との絶えざる交流と融合とによって構築された独創的な詩の世界。代表詩集『春と修羅』はじめ、各詩集から厳選。

宮沢賢治著

ポラーノの広場

つめくさのあかりを辿って訪ねた伝説の広場をめぐる顛末を描く表題作、ブルカニロ博士が登場する「銀河鉄道の夜」第三次稿など17編。

国木田独歩著

武蔵野

詩情に満ちた自然観察で、武蔵野の林間の美をあまねく知らしめた不朽の名作「武蔵野」など、抒情あふれる初期の名作17編を収録。

国木田独歩著

牛肉と馬鈴薯・酒中日記

理想と現実との相剋を越えようとした独歩が人生観を披瀝する「牛肉と馬鈴薯」、人間の孤独を究明した「酒中日記」など16短編を収録。

河上徹太郎編

萩原朔太郎詩集

孤独と焦燥に悩む青春の心象風景を写し出した第一詩集「月に吠える」をはじめ、孤高の象徴派詩人の代表的詩集から厳選された名編。

高村光太郎著

智恵子抄

情熱のほとばしる恋愛時代から、短い結婚生活、夫人の発病、そして永遠の別れ……智恵子夫人との間にかわされた深い愛を謳う詩集。

石川啄木著

一握の砂・悲しき玩具
―石川啄木歌集―

処女歌集「一握の砂」と第二歌集「悲しき玩具」。貧困と孤独の中で文学への情熱を失わず、歌壇に新風を吹きこんだ啄木の代表作。

太宰治著

お伽草紙（とぎ）

昔話のユーモラスな口調の中に、人間宿命の深淵をとらえた表題作ほか「新釈諸国噺」「清貧譚」等5編。古典や民話に取材した作品集。

太宰治著　**晩年**

妻の裏切りを知らされ、共産主義運動から脱落し、心中から生き残った著者が、自殺を前提に遺書のつもりで書き綴った処女創作集。

原民喜著　**夏の花・心願の国**
水上滝太郎賞受賞

被爆直後の終末的世界をとらえた表題作等、美しい散文で人類最初の原爆体験を描き、朝鮮戦争勃発のさなかに自殺した著者の作品集。

樋口一葉著　**にごりえ・たけくらべ**

明治の天才女流作家が短い生涯の中で残した名作集。人生への哀歓と美しい夢が織りこまれ、詩情に満ちた香り高い作品8編を収める。

吉田凞生編　**中原中也詩集**

生と死のあわいを漂いながら、失われて二度とかえらぬものへの想いをうたいつづけた中也。甘美で哀切な詩情が胸をうつ。

深沢七郎著　**楢山節考**
中央公論新人賞受賞

雪の楢山へ老母を背板に乗せて捨てに行く孝行息子の胸つぶれる思い――棄老伝説に基づいて悲しい因習の世界を捉えた表題作等4編。

つげ義春著　**新版 貧困旅行記**

日々鬱陶しく息苦しく、そんな日常から、そっと蒸発してみたい、と思う。眺め、佇み、感じながら旅した、つげ式紀行エッセイ決定版。

ごんぎつね　でんでんむしのかなしみ

新美南吉傑作選

新潮文庫　に－35－1

令和六年五月一日発行

著者　新美南吉

発行者　佐藤隆信

発行所　株式会社　新潮社

郵便番号　一六二―八七一一
東京都新宿区矢来町七一
電話　編集部(〇三)三二六六―五四四〇
　　　読者係(〇三)三二六六―五一一一
https://www.shinchosha.co.jp

価格はカバーに表示してあります。

乱丁・落丁本は、ご面倒ですが小社読者係宛ご送付ください。送料小社負担にてお取替えいたします。

印刷・錦明印刷株式会社　製本・錦明印刷株式会社
Printed in Japan

ISBN978-4-10-105161-1　C0193